TaschenTxte

Heinrich von Kleist

Michael Kohlhaas

Aus einer alten Chronik

Ernst Klett Verlag
Stuttgart · Leipzig

Die Fußnoten wurden vom Bearbeiter zum leichteren Verständnis des Textes hinzugefügt.

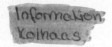

1. Auflage   1 5 4 3 2 1 | 2012 2011 2010 2009 2008

Alle Drucke dieser Auflage können im Unterricht nebeneinander benutzt werden, sie sind untereinander unverändert. Die letzte Zahl bezeichnet das Jahr dieses Druckes.

Der Text des vorliegenden Heftes folgt der Ausgabe Heinrich von Kleist: Werke in einem Band, hrsg. von Helmut Sembdner, München, Carl Hanser Verlag, 1966. Die Rechtschreibung wurde behutsam an die neue amtliche Rechtschreibung angepasst, Kleists eigenwillige Zeichensetzung dagegen ist beibehalten.

Entstanden in Zusammenarbeit mit dem Projektteam des Verlages.
Reproduktion: Meyle + Müller,
Medien-Management, Pforzheim
Druck: Gulde Druck GmbH, Tübingen

Printed in Germany
ISBN 978-3-12-352513-1

9 783123 525131

An den Ufern der Havel lebte, um die Mitte des sechzehnten Jahrhunderts, ein Rosshändler, namens *Michael Kohlhaas*, Sohn eines Schulmeisters, einer der rechtschaffensten zugleich und entsetzlichsten Menschen seiner Zeit. – Dieser außerordentliche Mann würde, bis in sein dreißigstes Jahr für das Muster eines guten Staatsbürgers haben gelten können. Er besaß in einem Dorfe, das noch von ihm den Namen führt, einen Meierhof[2], auf welchem er sich durch sein Gewerbe ruhig ernährte; die Kinder, die ihm sein Weib schenkte, erzog er, in der Furcht Gottes, zur Arbeitsamkeit und Treue; nicht einer war unter seinen Nachbarn, der sich nicht seiner Wohltätigkeit, oder seiner Gerechtigkeit erfreut hätte; kurz, die Welt würde sein Andenken haben segnen müssen, wenn er in einer Tugend nicht ausgeschweift hätte. Das Rechtgefühl aber machte ihn zum Räuber und Mörder.

Er ritt einst, mit einer Koppel[3] junger Pferde, wohlgenährt alle und glänzend, ins Ausland, und überschlug eben, wie er den Gewinst, den er auf den Märkten damit zu machen hoffte, anlegen wolle: teils, nach Art guter Wirte, auf neuen Gewinst, teils aber auch auf den Genuss der Gegenwart: als er an die Elbe kam, und bei einer stattlichen Ritterburg, auf sächsischem Gebiete, einen Schlagbaum[4] traf, den er sonst auf diesem Wege nicht gefunden hatte. Er hielt, in einem Augenblick, da eben der Regen heftig stürmte, mit den Pferden still, und rief den Schlagwärter, der auch bald darauf, mit einem grämlichen Gesicht, aus dem Fenster sah. Der Rosshändler sagte, dass er ihm öffnen solle. Was gibts hier Neues? fragte er, da der Zöllner, nach einer geraumen Zeit, aus dem Hause trat. Landesherrliches Privilegium[5], antwortete dieser, indem er aufschloss: dem Junker Wenzel von Tronka verliehen. – So, sagte Kohlhaas. Wenzel heißt der Junker? und sah sich das Schloss an, das mit glänzenden Zinnen über das Feld blickte. Ist der alte Herr tot? – Am Schlagfluss[6] gestorben, erwiderte der Zöllner, indem er den Baum in die Höhe ließ. – Hm! Schade! versetzte Kohlhaas. Ein würdiger alter Herr, der seine Freude am Verkehr der Menschen

---

1 Gemeint ist die »Märckische Chronic« von Peter Hafftiz von 1595
2 Bauernhof
3 Gruppe zusammengebundener Pferde
4 Grenzsperre
5 vom Landesherrn an den Junker v. Tronka übertragenes Land und Recht
6 Schlaganfall

hatte, Handel und Wandel, wo er nur vermochte, forthalf, und einen Steindamm einst bauen ließ, weil mir eine Stute, draußen, wo der Weg ins Dorf geht, das Bein gebrochen. Nun! Was bin ich schuldig? – fragte er; und holte die Groschen, die der Zollwärter verlangte, mühselig unter dem im Winde flatternden Mantel hervor. »Ja, Alter«, setzte er noch hinzu, da dieser: hurtig! hurtig! murmelte, und über die Witterung fluchte:»wenn der Baum im Wald stehen geblieben wäre, wärs besser gewesen, für mich und Euch«; und damit gab er ihm das Geld und wollte reiten. Er war aber noch kaum unter den Schlagbaum gekommen, als eine neue Stimme schon: halt dort, der Rosskamm[7]! hinter ihm vom Turm erscholl, und er den Burgvogt ein Fenster zuwerfen und zu ihm herabeilen sah. Nun, was gibt's Neues? fragte Kohlhaas bei sich selbst, und hielt mit den Pferden an. Der Burgvogt, indem er sich noch eine Weste über seinen weitläufigen Leib zuknüpfte, kam, und fragte, schief gegen die Witterung gestellt, nach dem Passschein. – Kohlhaas fragte: der Passschein? Er sagte, ein wenig betreten, dass er, soviel er wisse, keinen habe; dass man ihm aber nur beschreiben möchte, was dies für ein Ding des Herrn sei: so werde er vielleicht zufälligerweise damit versehen sein. Der Schlossvogt, indem er ihn von der Seite ansah, versetzte, dass ohne einen landesherrlichen Erlaubnisschein, kein Rosskamm mit Pferden über die Grenze gelassen würde. Der Rosskamm versicherte, dass er siebzehn Mal in seinem Leben, ohne einen solchen Schein über die Grenze gezogen sei; dass er alle landesherrlichen Verfügungen, die sein Gewerbe angingen, genau kennte; dass dies wohl nur ein Irrtum sein würde, wegen dessen er sich zu bedenken bitte, und dass man ihn, da seine Tagereise lang sei, nicht länger unnützerweise hier aufhalten möge. Doch der Vogt[8] erwiderte, dass er das achtzehnte Mal nicht durchschlüpfen würde, dass die Verordnung deshalb erst neuerlich erschienen wäre, und dass er entweder den Passschein noch hier lösen, oder zurückkehren müsse, wo er hergekommen sei. Der Rosshändler, den diese ungesetzlichen Erpressungen zu erbittern anfingen, stieg, nach einer kurzen Besinnung, vom Pferde, gab es einem Knecht, und sagte, dass er den Junker von Tronka selbst darüber sprechen würde. Er ging auch auf die Burg; der Vogt

---

7 Pferdehändler
8 Burgverwalter

folgte ihm, indem er von filzigen Geldraffern und nützlichen Aderlässen derselben murmelte; und beide traten, mit ihren Blicken einander messend, in den Saal. Es traf sich, dass der Junker eben, mit einigen muntern Freunden, beim Becher saß, und, um eines Schwanks willen, ein unendliches Gelächter unter ihnen erscholl, als Kohlhaas, um seine Beschwerde anzubringen, sich ihm näherte. Der Junker fragte, was er wolle; die Ritter, als sie den fremden Mann erblickten, wurden still; doch kaum hatte dieser sein Gesuch, die Pferde betreffend, angefangen, als der ganze Tross schon: Pferde? Wo sind sie? ausrief, und an die Fenster eilte, um sie zu betrachten. Sie flogen, da sie die glänzende Koppel sahen, auf den Vorschlag des Junkers, in den Hof hinab; der Regen hatte aufgehört; Schlossvogt und Verwalter und Knechte versammelten sich um sie, und alle musterten die Tiere. Der eine lobte den Schweißfuchs[9] mit der Blesse, dem andern gefiel der Kastanienbraune, der dritte streichelte den Schecken mit schwarzgelben Flecken; und alle meinten, dass die Pferde wie Hirsche wären, und im Lande keine bessern gezogen würden: Kohlhaas erwiderte munter, dass die Pferde nicht besser wären, als die Ritter, die sie reiten sollten; und forderte sie auf, zu kaufen. Der Junker, den der mächtige Schweißhengst sehr reizte, befragte ihn auch um den Preis; der Verwalter lag ihm an, ein Paar Rappen zu kaufen, die er, wegen Pferdemangels, in der Wirtschaft gebrauchen zu können glaubte; doch als der Rosskamm sich erklärt hatte[10], fanden die Ritter ihn zu teuer, und der Junker sagte, dass er nach der Tafelrunde reiten und sich den König Arthur aufsuchen müsse, wenn er die Pferde so anschlage[11]. Kohlhaas, der den Schlossvogt und den Verwalter, indem sie sprechende Blicke auf die Rappen warfen, miteinander flüstern sah, ließ es, aus einer dunklen Vorahndung, an nichts fehlen, die Pferde an sie los zu werden. Er sagte zum Junker: »Herr, die Rappen habe ich vor sechs Monaten für 25 Goldgülden gekauft; gebt mir 30, so sollt Ihr sie haben.« Zwei Ritter, die neben dem Junker standen, äußerten nicht undeutlich, dass die Pferde wohl so viel wert wären; doch der Junker meinte, dass er für den Schweißfuchs wohl, aber nicht eben für die Rappen, Geld ausgeben möch-

---

9 dunkelrotes Pferd
10 einen Preis genannt hatte
11 anbiete

te, und machte Anstalten, aufzubrechen; worauf Kohlhaas sagte, er
würde vielleicht das nächste Mal, wenn er wieder mit seinen Gau-
len durchzöge, einen Handel mit ihm machen; sich dem Junker
empfahl, und die Zügel seines Pferdes ergriff, um abzureiten. In
diesem Augenblick trat der Schlossvogt aus dem Haufen vor, und
sagte, er höre, dass er ohne einen Passschein nicht reisen dürfe.
Kohlhaas wandte sich und fragte den Junker, ob es denn mit diesem
Umstand, der sein ganzes Gewerbe zerstöre, in der Tat seine Richtigkeit habe? Der Junker antwortete, mit einem verlegnen Gesicht,
indem er abging: ja, Kohlhaas, den Pass musst du lösen. Sprich mit
dem Schlossvogt, und zieh deiner Wege. Kohlhaas versicherte ihn,
dass es gar nicht seine Absicht sei, die Verordnungen, die wegen
Ausführung der Pferde bestehen möchten, zu umgehen; versprach,
bei seinem Durchzug durch Dresden, den Pass in der Geheimschreiberei[12] zu lösen, und bat, ihn nur diesmal, da er von dieser Forderung durchaus nichts gewusst, ziehen zu lassen. Nun! sprach der
Junker, da eben das Wetter wieder zu stürmen anfing, und seine
dürren Glieder durchsauste: lasst den Schlucker laufen. Kommt!
sagte er zu den Rittern, kehrte sich um, und wollte nach dem Schloss
gehen. Der Schlossvogt sagte, zum Junker gewandt, dass er wenigstens ein Pfand, zur Sicherheit, dass er den Schein lösen würde, zurücklassen müsse. Der Junker blieb wieder unter dem Schlosstor
stehen. Kohlhaas fragte, welchen Wert er denn, an Geld oder an
Sachen, zum Pfande, wegen der Rappen, zurücklassen solle? Der
Verwalter meinte, in den Bart murmelnd, er könne ja die Rappen
selbst zurücklassen. Allerdings, sagte der Schlossvogt, das ist das
Zweckmäßigste; ist der Pass gelöst, so kann er sie zu jeder Zeit wieder abholen. Kohlhaas, über eine so unverschämte Forderung betreten, sagte dem Junker, der sich die Wamsschöße[13] frierend vor den
Leib hielt, dass er die Rappen ja verkaufen wolle; doch dieser, da in
demselben Augenblick ein Windstoß eine ganze Last von Regen
und Hagel durchs Tor jagte, rief, um der Sache ein Ende zu machen:
wenn er die Pferde nicht loslassen will, so schmeißt ihn wieder über
den Schlagbaum zurück; und ging ab. Der Rosskamm, der wohl sah,
dass er hier der Gewalttätigkeit weichen musste, entschloss sich, die

---

12 Kanzlei; zuständige Behörde (geheim: zum Haus, d. h. hier zum Herrscher-
    haus, gehörig)
13 Jackenenden

6

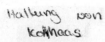

Forderung, weil doch nichts anders übrig blieb, zu erfüllen; spannte die Rappen aus, und führte sie in einen Stall, den ihm der Schlossvogt anwies. Er ließ einen Knecht bei ihnen zurück, versah ihn mit Geld, ermahnte ihn, die Pferde, bis zu seiner Zurückkunft, wohl in Acht zu nehmen, und setzte seine Reise, mit dem Rest der Koppel, halb und halb ungewiss, ob nicht doch wohl, wegen aufkeimender Pferdezucht, ein solches Gebot, im Sächsischen, erschienen sein könne, nach Leipzig, wo er auf die Messe wollte, fort.

In Dresden, wo er, in einer der Vorstädte der Stadt, ein Haus mit einigen Ställen besaß, weil er von hier aus seinen Handel auf den kleineren Märkten des Landes zu bestreiten pflegte, begab er sich, gleich nach seiner Ankunft, auf die Geheimschreiberei, wo er von den Räten, deren er einige kannte, erfuhr, was ihm allerdings sein erster Glaube schon gesagt hatte, dass die Geschichte von dem Passschein ein Märchen sei. Kohlhaas, dem die missvergnügten Räte, auf sein Ansuchen, einen schriftlichen Schein über den Ungrund[14] derselben gaben, lächelte über den Witz des dürren Junkers, obschon er noch nicht recht einsah, was er damit bezwecken mochte; und die Koppel der Pferde, die er bei sich führte, einige Wochen darauf, zu seiner Zufriedenheit, verkauft, kehrte er, ohne irgend weiter ein bitteres Gefühl, als das der allgemeinen Not der Welt, zur Tronkenburg zurück. Der Schlossvogt, dem er den Schein zeigte, ließ sich nicht weiter darüber aus, und sagte, auf die Frage des Rosskamms, ob er die Pferde jetzt wieder bekommen könne: er möchte nur hinunter gehen und sie holen. Kohlhaas hatte aber schon, da er über den Hof ging, den unangenehmen Auftritt, zu erfahren, dass sein Knecht, ungebührlichen Betragens halber, wie es hieß, wenige Tage nach dessen Zurücklassung in der Tronkenburg, zerprügelt und weggejagt worden sei. Er fragte den Jungen, der ihm diese Nachricht gab, was denn derselbe getan? und wer währenddessen die Pferde besorgt hätte? worauf dieser erwiderte, er wisse es nicht, und darauf dem Rosskamm, dem das Herz schon von Ahnungen schwoll, den Stall, in welchem sie standen, öffnete. Wie groß aber war sein Erstaunen, als er, statt seiner zwei glatten und wohlgenährten Rappen, ein Paar dürre, abgehärmte Mähren erblickte; Knochen, denen man, wie Riegeln[15], hätte Sachen auf-

---

14 Grundlosigkeit
15 Querstangen

hängen können; Mähnen und Haare, ohne Wartung und Pflege, zusammengeknetet: das wahre Bild des Elends im Tierreiche! Kohlhaas, den die Pferde, mit einer schwachen Bewegung, anwieherten, war auf das Äußerste entrüstet, und fragte, was seinen Gäulen
5 widerfahren wäre? Der Junge, der bei ihm stand, antwortete, dass ihnen weiter kein Unglück zugestoßen wäre, dass sie auch das gehörige Futter bekommen hätten, dass sie aber, da gerade Ernte gewesen sei, wegen Mangels an Zugvieh, ein wenig auf den Feldern gebraucht worden wären. Kohlhaas fluchte über diese schändliche
10 und abgekartete Gewalttätigkeit, verbiss jedoch, im Gefühl seiner Ohnmacht, seinen Ingrimm, und machte schon, da doch nichts anders übrig blieb, Anstalten, das Raubnest mit den Pferden nur wieder zu verlassen, als der Schlossvogt, von dem Wortwechsel herbeigerufen, erschien, und fragte, was es hier gäbe? Was es gibt? ant-
15 wortete Kohlhaas. Wer hat dem Junker von Tronka und dessen Leuten die Erlaubnis gegeben, sich meiner bei ihm zurückgelassenen Rappen zur Feldarbeit zu bedienen? Er setzte hinzu, ob das wohl menschlich wäre? versuchte, die erschöpften Gaule durch einen Gertenstreich zu erregen, und zeigte ihm, dass sie sich nicht rühr-
20 ten. Der Schlossvogt, nachdem er ihn eine Weile trotzig angesehen hatte, versetzte: seht den Grobian! Ob der Flegel nicht Gott danken sollte, dass die Mähren überhaupt noch leben? Er fragte, wer sie, da der Knecht weggelaufen, hätte pflegen sollen? Ob es nicht billig gewesen wäre, dass die Pferde das Futter, das man ihnen gereicht
25 habe, auf den Feldern abverdient hätten? Er schloss, dass er hier keine Flausen machen möchte, oder dass er die Hunde rufen, und sich durch sie Ruhe im Hofe zu verschaffen wissen würde. – Dem Rosshändler schlug das Herz gegen den Wams. Es drängte ihn, den nichtswürdigen Dickwanst in den Kot zu werfen, und den Fuß auf
30 sein kupfernes Antlitz zu setzen. Doch sein Rechtgefühl, das einer Goldwaage glich, wankte noch; er war, vor der Schranke seiner eigenen Brust, noch nicht gewiss, ob eine Schuld seinen Gegner drücke; und während er, die Schimpfreden niederschluckend, zu den Pferden trat, und ihnen, in stiller Erwägung der Umstände, die
35 Mähnen zurechtlegte, fragte er mit gesenkter Stimme: um welchen Versehens halber der Knecht denn aus der Burg entfernt worden sei? Der Schlossvogt erwiderte: weil der Schlingel trotzig im Hofe gewesen ist! Weil er sich gegen einen notwendigen Stallwechsel

gesträubt, und verlangt hat, dass die Pferde zweier Jungherren, die auf die Tronkenburg kamen, um seiner Mähren willen, auf der freien Straße übernachten sollten! – Kohlhaas hätte den Wert der Pferde darum gegeben, wenn er den Knecht zur Hand gehabt, und dessen Aussage mit der Aussage dieses dickmäuligen Burgvogts hätte vergleichen können. Er stand noch, und streifte den Rappen die Zoddeln aus, und sann, was in seiner Lage zu tun sei, als sich die Szene plötzlich änderte, und der Junker Wenzel von Tronka, mit einem Schwarm von Rittern, Knechten und Hunden, von der Hasenhetze kommend, in den Schlossplatz sprengte. Der Schlossvogt, als er fragte, was vorgefallen sei, nahm sogleich das Wort, und während die Hunde, beim Anblick des Fremden, von der einen Seite, ein Mordgeheul gegen ihn anstimmten, und die Ritter ihnen, von der andern, zu schweigen geboten, zeigte er ihm, unter der gehässigsten Entstellung der Sache, an, was dieser Rosskamm, weil seine Rappen ein wenig gebraucht worden wären, für eine Rebellion verführe. Er sagte, mit Hohngelächter, dass er sich weigere, die Pferde als die seinigen anzuerkennen. Kohlhaas rief: »das *sind* nicht meine Pferde, gestrenger Herr! Das sind die *Pferde* nicht, die dreißig Goldgülden wert waren! Ich will meine wohlgenährten und gesunden Pferde wieder haben!« – Der Junker, indem ihm eine flüchtige Blässe ins Gesicht trat, stieg vom Pferde, und sagte: wenn der H … A …[16] die Pferde nicht wieder nehmen will, so mag er es bleiben lassen. Komm, Günther! rief er – Hans! Kommt! indem er sich den Staub mit der Hand von den Beinkleidern schüttelte; und: schafft Wein! rief er noch, da er mit den Rittern unter der Tür war; und ging ins Haus. Kohlhaas sagte, dass er eher den Abdecker[17] rufen, und die Pferde auf den Schindanger[18] schmeißen lassen, als sie so, wie sie wären, in seinen Stall zu Kohlhaasenbrück führen wolle. Er ließ die Gäule, ohne sich um sie zu kümmern, auf dem Platz stehen, schwang sich, indem er versicherte, dass er sich Recht zu verschaffen wissen würde, auf seinen Braunen und ritt davon. Spornstreichs auf dem Wege nach Dresden war er schon, als er, bei dem Gedanken an den Knecht, und an die Klage, die man auf der Burg gegen ihn führte, schrittweis zu reiten anfing, sein Pferd,

---

16 Beschimpfung des Kohlhaas als Herr Arsch
17 Schinder, beseitigt die Tierkadaver
18 Ort, an dem der Schinder seine Arbeit verrichtet

ehe er noch tausend Schritt gemacht hatte, wieder wandte, und zur vorgängigen[19] Vernehmung des Knechts, wie es ihm klug und gerecht schien, nach Kohlhaasenbrück einbog. Denn ein richtiges, mit der gebrechlichen Einrichtung der Welt schon bekanntes Ge-
5 fühl machte ihn, trotz der erlittenen Beleidigungen, geneigt, falls nur wirklich dem Knecht, wie der Schlossvogt behauptete, eine Art von Schuld beizumessen sei, den Verlust der Pferde, als eine gerechte Folge davon, zu verschmerzen. Dagegen sagte ihm ein ebenso vortreffliches Gefühl, und dies Gefühl fasste tiefere und
10 tiefere Wurzeln, in dem Maße, als er weiterritt, und überall, wo er einkehrte, von den Ungerechtigkeiten hörte, die täglich auf der Tronkenburg gegen die Reisenden verübt wurden: dass, wenn der ganze Vorfall, wie es allen Anschein habe, bloß abgekartet sein sollte, er mit seinen Kräften der Welt in der Pflicht verfallen[20] sei,
15 sich Genugtuung für die erlittene Kränkung, und Sicherheit für zukünftige seinen Mitbürgern zu verschaffen.
Sobald er, bei seiner Ankunft in Kohlhaasenbrück, Lisbeth, sein treues Weib, umarmt, und seine Kinder, die um seine Knie froh-lockten, geküsst hatte, fragte er gleich nach Herse, dem Groß-
20 knecht: und ob man nichts von ihm gehört habe? Lisbeth sagte: ja, liebster Michael, dieser Herse! Denke dir, dass dieser unselige Mensch, vor vierzehn Tagen, auf das Jämmerlichste zerschlagen, hier eintrifft; nein, so zerschlagen, dass er auch nicht frei atmen kann. Wir bringen ihn zu Bett, wo er heftig Blut speit, und verneh-
25 men, auf unsre wiederholten Fragen, eine Geschichte, die keiner versteht. Wie er von dir mit Pferden, denen man den Durchgang nicht verstattet, auf der Tronkenburg zurückgelassen worden sei, wie man ihn, durch die schändlichsten Misshandlungen, gezwun-gen habe, die Burg zu verlassen, und wie es ihm unmöglich gewe-
30 sen wäre, die Pferde mitzunehmen. So? sagte Kohlhaas, indem er den Mantel ablegte. Ist er denn schon wiederhergestellt? – Bis auf das Blutspeien, antwortete sie, halb und halb. Ich wollte sogleich einen Knecht nach der Tronkenburg schicken, um die Pflege der Rosse, bis zu deiner Ankunft daselbst, besorgen zu lassen. Denn da
35 sich der Herse immer wahrhaftig gezeigt hat, und so getreu uns, in der Tat wie kein anderer, so kam es mir nicht zu, in seine Aussage,

---

19 vorläufig
20 verpflichtet sein

von so viel Merkmalen unterstützt, einen Zweifel zu setzen, und etwa zu glauben, dass er der Pferde auf eine andere Art verlustig gegangen wäre. Doch er beschwört mich, niemanden zuzumuten, sich in diesem Raubneste zu zeigen, und die Tiere aufzugeben, wenn ich keinen Menschen dafür opfern wolle. – Liegt er denn noch im Bette? fragte Kohlhaas, indem er sich von der Halsbinde befreite. – Er geht, erwiderte sie, seit einigen Tagen schon wieder im Hofe umher. Kurz, du wirst sehen, fuhr sie fort, dass alles seine Richtigkeit hat, und dass diese Begebenheit einer von den Freveln ist, die man sich seit kurzem auf der Tronkenburg gegen die Fremden erlaubt. – Das muss ich doch erst untersuchen, erwiderte Kohlhaas. Ruf ihn mir, Lisbeth, wenn er auf ist, doch her! Mit diesen Worten setzte er sich in den Lehnstuhl; und die Hausfrau, die sich über seine Gelassenheit sehr freute, ging, und holte den Knecht. Was hast du in der Tronkenburg gemacht? fragte Kohlhaas, da Lisbeth mit ihm in das Zimmer trat. Ich bin nicht eben wohl mit dir zufrieden. – Der Knecht, auf dessen blassem Gesicht sich, bei diesen Worten, eine Röte fleckig zeigte, schwieg eine Weile; und: da habt Ihr Recht, Herr! antwortete er; denn einen Schwefelfaden, den ich durch Gottes Fügung bei mir trug, um das Raubnest, aus dem ich verjagt worden war, in Brand zu stecken, warf ich, als ich ein Kind darin jammern hörte, in das Elbwasser, und dachte: mag es Gottes Blitz einäschern; ich wills nicht! – Kohlhaas sagte betroffen: wodurch aber hast du dir die Verjagung aus der Tronkenburg zugezogen? Drauf Herse: durch einen schlechten Streich, Herr; und trocknete sich den Schweiß von der Stirn: Geschehenes ist aber nicht zu ändern. Ich wollte die Pferde nicht auf der Feldarbeit zugrunde richten lassen, und sagte, dass sie noch jung wären und nicht gezogen hätten. – Kohlhaas erwiderte, indem er seine Verwirrung zu verbergen suchte, dass er hierin nicht ganz die Wahrheit gesagt, indem die Pferde schon zu Anfange des verflossenen Frühjahrs ein wenig im Geschirr[21] gewesen wären. Du hättest dich auf der Burg, fuhr er fort, wo du doch eine Art von Gast warest, schon ein oder etliche Mal, wenn gerade, wegen schleuniger Einführung der Ernte Not war, gefällig zeigen können. – Das habe ich auch getan, Herr, sprach Herse. Ich dachte, da sie mir grämliche Gesichter machten, es wird doch die Rappen just nicht kosten. Am dritten

---

21 Pferdegeschirr zum Ziehen von Lasten

Vormittag spannt ich sie vor, und drei Fuhren Getreide führt ich ein. Kohlhaas, dem das Herz emporquoll, schlug die Augen zu Boden, und versetzte: davon hat man mir nichts gesagt, Herse! – Herse versicherte ihn, dass es so sei. Meine Ungefälligkeit, sprach er, bestand darin, dass ich die Pferde, als sie zu Mittag kaum ausgefressen hatten, nicht wieder ins Joch spannen wollte; und dass ich dem Schlossvogt und dem Verwalter, als sie mir frei Futter dafür anzunehmen vorschlugen, und das Geld, das Ihr mir für Futterkosten zurückgelassen hattet, in den Sack zu stecken, antwortete – ich würde ihnen sonst was tun; mich umkehrte und wegging. – Um dieser Ungefälligkeit aber, sagte Kohlhaas, bist du von der Tronkenburg nicht weggejagt worden. – Behüte Gott, rief der Knecht, um eine gottvergessene Missetat! Denn auf den Abend wurden die Pferde zweier Ritter, welche auf die Tronkenburg kamen, in den Stall geführt, und meine an die Stalltüre angebunden. Und da ich dem Schlossvogt, der sie daselbst einquartierte, die Rappen aus der Hand nahm, und fragte, wo die Tiere jetzo bleiben sollten, so zeigte er mir einen Schweinekoben an, der von Latten und Brettern an der Schlossmauer auferbaut war. – Du meinst, unterbrach ihn Kohlhaas, es war ein so schlechtes Behältnis für Pferde, dass es einem Schweinekoben ähnlicher war, als einem Stall. – Es war ein Schweinekoben, Herr, antwortete Herse; wirklich und wahrhaftig ein Schweinekoben, in welchem die Schweine aus und ein liefen, und ich nicht aufrecht stehen konnte. – Vielleicht war sonst kein Unterkommen für die Rappen aufzufinden, versetzte Kohlhaas; die Pferde der Ritter gingen, auf eine gewisse Art, vor. – Der Platz, erwiderte der Knecht, indem er die Stimme fallen ließ, war eng. Es hauseten jetzt in allem sieben Ritter auf der Burg. Wenn Ihr es gewesen wäret, Ihr hättet die Pferde ein wenig zusammenrücken lassen. Ich sagte, ich wolle mir im Dorf einen Stall zu mieten suchen; doch der Schlossvogt versetzte, dass er die Pferde unter seinen Augen behalten müsse, und dass ich mich nicht unterstehen solle, sie vom Hofe wegzuführen. – Hm! sagte Kohlhaas. Was gabst du darauf an? – Weil der Verwalter sprach, die beiden Gäste würden bloß übernachten, und am andern Morgen weiterreiten, so führte ich die Pferde in den Schweinekoben hinein. Aber der folgende Tag verfloss, ohne dass es geschah; und als der dritte anbrach, hieß es, die Herren würden noch einige Wochen auf der Burg verweilen. – Am

Ende wars nicht so schlimm, Herse, im Schweinekoben, sagte Kohlhaas, als es dir, da du zuerst die Nase hineinstecktest, vorkam. – 's ist wahr, erwiderte jener. Da ich den Ort ein bissel ausfegte, gings an. Ich gab der Magd einen Groschen, dass sie die Schweine woanders einstecke. Und den Tag über bewerkstelligte ich auch, dass die Pferde aufrecht stehen konnten, indem ich die Bretter oben, wenn der Morgen dämmerte, von den Latten abnahm, und abends wieder auflegte. Sie guckten nun, wie Gänse, aus dem Dach vor, und sahen sich nach Kohlhaasenbrück, oder sonst, wo es besser ist, um. – Nun denn, fragte Kohlhaas, warum also, in aller Welt, jagte man dich fort? – Herr, ich sags Euch, versetzte der Knecht, weil man meiner los sein wollte. Weil sie die Pferde, solange ich dabei war, nicht zugrunde richten konnten. Überall schnitten sie mir, im Hofe und in der Gesindestube, widerwärtige Gesichter; und weil ich dachte, zieht ihr die Mäuler, dass sie verrenken, so brachen sie die Gelegenheit vom Zaune, und warfen mich vom Hofe herunter. – Aber die Veranlassung!, rief Kohlhaas. Sie werden doch irgendeine Veranlassung gehabt haben! – O allerdings, antwortete Herse, und die allergerechteste. Ich nahm, am Abend des zweiten Tages, den ich im Schweinekoben zugebracht, die Pferde, die sich darin doch zugesudelt hatten, und wollte sie zur Schwemme[22] reiten. Und da ich eben unter dem Schlosstore bin, und mich wenden will, hör ich den Vogt und den Verwalter, mit Knechten, Hunden und Prügeln, aus der Gesindestube, hinter mir herstürzen, und: halt, den Spitzbuben! rufen: halt, den Galgenstrick! als ob sie besessen wären. Der Torwächter tritt mir in den Weg; und da ich ihn und den rasenden Haufen, der auf mich anläuft, frage: was auch gibts? was es gibt? antwortet der Schlossvogt; und greift meinen beiden Rappen in den Zügel. Wo will Er hin mit den Pferden? fragt er, und packt mich an die Brust. Ich sage, wo ich hin will? Himmeldonner! Zur Schwemme will ich reiten. Denkt Er, dass ich –? Zur Schwemme? ruft der Schlossvogt. Ich will dich, Gauner, auf der Heerstraße, nach Kohlhaasenbrück schwimmen lehren! und schmeißt mich, mit einem hämischen Mordzug, er und der Verwalter, der mir das Bein gefasst hat, vom Pferd herunter, dass ich mich, lang wie ich bin, in den Kot messe[23]. Mord! Hagel! ruf ich,

---

22 Ort, an dem das Vieh gewaschen wurde: Flussufer, Teich
23 der Länge nach in den Dreck fallen

Sielzeug[24] und Decken liegen, und ein Bündel Wäsche von mir, im Stall; doch er und die Knechte, indessen der Verwalter die Pferde wegführt, mit Füßen und Peitschen und Prügeln über mich her, dass ich halb tot hinter dem Schlosstor niedersinke. Und da ich
5 sage: die Raubhunde! Wo führen sie mir die Pferde hin? und mich erhebe: heraus aus dem Schlosshof! schreit der Vogt, und: hetz, Kaiser! hetz, Jäger! erschallt es, und: hetz, Spitz! und eine Koppel von mehr denn zwölf Hunden fällt über mich her. Drauf brech ich, war es eine Latte, ich weiß nicht was, vom Zaune, und drei Hunde
10 tot streck ich neben mir nieder; doch da ich, von jämmerlichen Zerfleischungen gequält, weichen muss: Flüt! gellt eine Pfeife; die Hunde in den Hof, die Torflügel zusammen, der Riegel vor: und auf der Straße ohnmächtig sink ich nieder. – Kohlhaas sagte, bleich im Gesicht, mit erzwungener Schelmerei: hast du auch nicht entwei-
15 chen wollen, Herse? Und da dieser, mit dunkler Röte, vor sich nie-dersah: gesteht mirs, sagte er; es gefiel dir im Schweinekoben nicht; du dachtest, im Stall zu Kohlhaasenbrück ists doch besser. – Him-melschlag! rief Herse: Sielzeug und Decken ließ ich ja, und einen Bündel Wäsche, im Schweinekoben zurück. Würd ich drei Reichs-
20 gülden nicht zu mir gesteckt haben, die ich, im rotseidnen Hals-tuch, hinter der Krippe versteckt hatte? Blitz, Höll und Teufel! Wenn Ihr so sprecht, so möcht ich nur gleich den Schwefelfaden, den ich wegwarf, wieder anzünden! Nun, nun! sagte der Rosshänd-ler; es war eben nicht böse gemeint! Was du gesagt hast, schau,
25 Wort für Wort, ich glaub es dir; und das Abendmahl, wenn es zur Sprache kommt, will ich selbst nun darauf nehmen. Es tut mir leid, dass es dir in meinen Diensten nicht besser ergangen ist; geh, Herse, geh zu Bett, lass dir eine Flasche Wein geben, und tröste dich: dir soll Gerechtigkeit widerfahren! Und damit stand er auf,
30 fertigte ein Verzeichnis der Sachen an, die der Großknecht im Schweinekoben zurückgelassen; spezifizierte[25] den Wert derselben, fragte ihn auch, wie hoch er die Kurkosten anschlage; und ließ ihn, nachdem er ihm noch einmal die Hand gereicht, abtreten.
Hierauf erzählte er Lisbeth, seiner Frau, den ganzen Verlauf und
35 inneren Zusammenhang der Geschichte, erklärte ihr, wie er ent-schlossen sei, die öffentliche Gerechtigkeit für sich aufzufordern,

---

24 Pferderiemen
25 einzeln auflisten

und hatte die Freude, zu sehen, dass sie ihn, in diesem Vorsatz, aus voller Seele bestärkte. Denn sie sagte, dass noch mancher andre Reisende, vielleicht minder duldsam, als er, über jene Burg ziehen würde; dass es ein Werk Gottes wäre, Unordnungen, gleich diesen, Einhalt zu tun; und dass sie die Kosten, die ihm die Führung des Prozesses verursachen würde, schon beitreiben wolle. Kohlhaas nannte sie sein wackeres Weib, erfreute sich diesen und den folgenden Tag in ihrer und seiner Kinder Mitte, und brach, sobald es seine Geschäfte irgend zuließen, nach Dresden auf, um seine Klage vor Gericht zu bringen.

Hier verfasste er, mit Hülfe eines Rechtsgelehrten, den er kannte, eine Beschwerde, in welcher er, nach einer umständlichen Schilderung des Frevels, den der Junker Wenzel von Tronka, an ihm sowohl, als an seinem Knecht Herse, verübt hatte, auf gesetzmäßige Bestrafung desselben, Wiederherstellung der Pferde in den vorigen Stand, und auf Ersatz des Schadens antrug, den er sowohl, als sein Knecht, dadurch erlitten hatten. Die Rechtssache war in der Tat klar. Der Umstand, dass die Pferde gesetzwidriger Weise festgehalten worden waren, warf ein entscheidendes Licht auf alles Übrige; und selbst wenn man hätte annehmen wollen, dass die Pferde durch einen bloßen Zufall erkrankt wären, so würde die Forderung des Rosskamms, sie ihm gesund wieder zuzustellen, noch gerecht gewesen sein. Es fehlte Kohlhaas auch, während er sich in der Residenz umsah, keinesfalls an Freunden, die seine Sache lebhaft zu unterstützen versprachen; der ausgebreitete Handel, den er mit Pferden trieb, hatte ihm die Bekanntschaft, und die Redlichkeit, mit welcher er dabei zu Werke ging, ihm das Wohlwollen der bedeutendsten Männer des Landes verschafft. Er speisete bei seinem Advokaten, der selbst ein ansehnlicher Mann war, mehrere Male heiter zu Tisch; legte eine Summe Geldes, zur Bestreitung der Prozesskosten, bei ihm nieder; und kehrte nach Verlauf einiger Wochen, völlig von demselben über den Ausgang seiner Rechtssache beruhigt, zu Lisbeth, seinem Weibe, nach Kohlhaasenbrück zurück. Gleichwohl vergingen Monate, und das Jahr war daran, abzuschließen, bevor er, von Sachsen aus, auch nur eine Erklärung über die Klage, die er daselbst anhängig gemacht hatte, geschweige denn die Resolution selbst, erhielt. Er fragte, nachdem er mehrere Male von neuem bei dem Tribunal eingekommen war, seinen

Rechtsgehülfen, in einem vertrauten Briefe, was eine so übergroße Verzögerung verursache; und erfuhr, dass die Klage, auf eine höhere Insinuation[26], bei dem Dresdner Gerichtshofe, gänzlich niedergeschlagen worden sei. – Auf die befremdete Rückschrift des
5 Rosskamms, worin dies seinen Grund habe, meldete ihm jener: dass der Junker Wenzel von Tronka mit zwei Jungherren, Hinz und Kunz von Tronka, verwandt sei, deren einer, bei der Person des Herrn, Mundschenk, der andre gar Kämmerer sei. – Er riet ihm noch, er möchte, ohne weitere Bemühungen bei der Rechts-
10 instanz, seiner, auf der Tronkenburg befindlichen Pferde wieder habhaft zu werden suchen; gab ihm zu verstehen, dass der Junker, der sich jetzt in der Hauptstadt aufhalte, seine Leute angewiesen zu haben scheine, sie ihm auszuliefern; und schloss mit dem Gesuch, ihn wenigstens, falls er sich hiermit nicht beruhigen wolle,
15 mit ferneren Aufträgen in dieser Sache zu verschonen.
Kohlhaas befand sich um diese Zeit gerade in Brandenburg, wo der Stadthauptmann, Heinrich von Geusau, unter dessen Regierungsbezirk Kohlhaasenbrück gehörte, eben beschäftigt war, aus einem beträchtlichen Fonds, der der Stadt zugefallen war, mehrere wohl-
20 tätige Anstalten, für Kranke und Arme, einzurichten. Besonders war er bemüht, einen mineralischen Quell, der auf einem Dorf in der Gegend sprang, und von dessen Heilkräften man sich mehr, als die Zukunft nachher bewährte, versprach, für den Gebrauch der Presshaften[27] einzurichten; und da Kohlhaas ihm, wegen man-
25 chen Verkehrs, in dem er, zur Zeit seines Aufenthalts am Hofe, mit demselben gestanden hatte, bekannt war, so erlaubte er Hersen, dem Großknecht, dem ein Schmerz beim Atemholen über der Brust, seit jenem schlimmen Tage auf der Tronkenburg, zurückgeblieben war, die Wirkung der kleinen, mit Dach und Einfassung
30 versehenen, Heilquelle zu versuchen. Es traf sich, dass der Stadthauptmann eben, am Rande des Kessels, in welchen Kohlhaas den Herse gelegt hatte, gegenwärtig war, um einige Anordnungen zu treffen, als jener, durch einen Boten, den ihm seine Frau nachschickte, den niederschlagenden Brief seines Rechtsgehülfen aus
35 Dresden empfing. Der Stadthauptmann, der, während er mit dem Arzte sprach, bemerkte, dass Kohlhaas eine Träne auf den Brief,

---

26 geheime Anordnung von oben
27 Leidende, Kranke

den er bekommen und eröffnet hatte, fallen ließ, näherte sich ihm, auf eine freundliche und herzliche Weise, und fragte ihn, was für ein Unfall ihn betroffen; und da der Rosshändler ihm, ohne ihm zu antworten, den Brief überreichte: so klopfte ihm dieser würdige Mann, dem die abscheuliche Ungerechtigkeit, die man 5 auf der Tronkenburg an ihm verübt hatte, und an deren Folgen Herse eben, vielleicht auf Lebenszeit, krank danieder lag, bekannt war, auf die Schulter, und sagte ihm: er solle nicht mutlos sein; er werde ihm zu seiner Genugtuung verhelfen! Am Abend, da sich der Rosskamm, seinem Befehl gemäß, zu ihm aufs Schloss begeben 10 hatte, sagte er ihm, dass er nur eine Supplik[28], mit einer kurzen Darstellung des Vorfalls, an den Kurfürsten von Brandenburg auf- setzen, den Brief des Advokaten beilegen, und wegen der Gewalt- tätigkeit, die man sich, auf sächsischem Gebiet, gegen ihn erlaubt, den landesherrlichen Schutz aufrufen möchte. Er versprach, ihm 15 die Bittschrift, unter einem anderen Paket, das schon bereit liege, in die Hände des Kurfürsten zu bringen, der seinethalben unfehl- bar, wenn es die Verhältnisse zuließen, bei dem Kurfürsten von Sachsen einkommen[29] würde; und mehr als eines solchen Schrit- tes bedürfe es nicht, um ihm bei dem Tribunal[30] in Dresden, den 20 Künsten des Junkers und seines Anhanges zum Trotz, Gerechtig- keit zu verschaffen. Kohlhaas, lebhaft erfreut, dankte dem Stadt- hauptmann, für diesen neuen Beweis seiner Gewogenheit, aufs Herzlichste; sagte, es tue ihm nur leid, dass er nicht, ohne irgend Schritte in Dresden zu tun, seine Sache gleich in Berlin anhängig 25 gemacht habe; und nachdem er, in der Schreiberei des Stadtge- richts, die Beschwerde, ganz den Forderungen gemäß, verfasst, und dem Stadthauptmann übergeben hatte, kehrte er, beruhigter über den Ausgang seiner Geschichte, als je, nach Kohlhaasenbrück zurück. Er hatte aber schon, in wenig Wochen, den Kummer, durch 30 einen Gerichtsherrn, der in Geschäften des Stadthauptmanns nach Potsdam ging, zu erfahren, dass der Kurfürst die Supplik sei- nem Kanzler, dem Grafen Kallheim, übergeben habe, und dass die- ser nicht unmittelbar, wie es zweckmäßig schien, bei dem Hofe zu Dresden, um Untersuchung und Bestrafung der Gewalttat, son- 35

---

28 Bittschrift
29 etwas zur Sprache bringen, vorstellig werden
30 Gericht

dern um vorläufige, nähere Information bei dem Junker von Tronka eingekommen sei. Der Gerichtsherr, der, vor Kohlhaasens Wohnung, im Wagen haltend, den Auftrag zu haben schien, dem
Rosshändler diese Eröffnung zu machen, konnte ihm auf die betroffene Frage: warum man also verfahren? keine befriedigende
Antwort geben. Er fügte nur noch hinzu: der Stadthauptmann
ließe ihm sagen, er möchte sich in Geduld fassen; schien bedrängt,
seine Reise fortzusetzen; und erst am Schluss der kurzen Unterredung erriet Kohlhaas, aus einigen hingeworfenen Worten, dass der
Graf Kallheim mit dem Hause derer von Tronka verschwägert sei. –
Kohlhaas, der keine Freude mehr, weder an seiner Pferdezucht,
noch an Haus und Hof, kaum an Weib und Kind hatte, durchharr-
te, in trüber Ahndung der Zukunft, den nächsten Mond; und ganz
seiner Erwartung gemäß kam, nach Verlauf dieser Zeit, Herse, dem
das Bad einige Linderung verschafft hatte, von Brandenburg zurück, mit einem, ein größeres Reskript[31] begleitenden, Schreiben
des Stadthauptmanns, des Inhalts: es tue ihm leid, dass er nichts
in seiner Sache tun könne; er schicke ihm eine, an ihn ergangene,
Resolution der Staatskanzlei, und rate ihm, die Pferde, die er in
Tronkenburg zurückgelassen, wieder abführen, und die Sache übrigens ruhen zu lassen. – Die Resolution lautete: »er sei, nach dem
Bericht des Tribunals in Dresden, ein unnützer Querulant[32]; der
Junker, bei dem er die Pferde zurückgelassen, halte ihm dieselben,
auf keine Weise, zurück; er möchte nach der Burg schicken, und sie
holen, oder dem Junker wenigstens wissen lassen, wohin er sie
ihm senden solle; die Staatskanzlei aber, auf jeden Fall, mit solchen Plackereien und Stänkereien verschonen.« Kohlhaas, dem es
nicht um die Pferde zu tun war – er hätte gleichen Schmerz emp-
funden, wenn es ein Paar Hunde gegolten hätte – Kohlhaas
schäumte vor Wut, als er diesen Brief empfing. Er sah, sooft sich
ein Geräusch im Hofe hören ließ, mit der widerwärtigsten Erwartung, die seine Brust jemals bewegt hatte, nach dem Torwege, ob
die Leute des Jungherrn erscheinen, und ihm, vielleicht gar mit
einer Entschuldigung, die Pferde, abgehungert und abgehärmt,
wieder zustellen würden; der einzige Fall, in welchem seine von
der Welt wohlerzogene Seele, auf nichts das ihrem Gefühl völlig

31 amtliches Antwortschreiben
32 Nörgler, Streithansel

18

entsprach gefasst war. Er hörte aber in kurzer Zeit schon, durch
einen Bekannten, der die Straße gereist war, dass die Gäule auf der
Tronkenburg, nach wie vor, den übrigen Pferden des Landjunkers
gleich, auf dem Felde gebraucht würden; und mitten durch den
Schmerz, die Welt in einer so ungeheuren Unordnung zu erbli-   5
cken, zuckte die innerliche Zufriedenheit empor, seine eigne Brust
nunmehr in Ordnung zu sehen. Er lud einen Amtmann, seinen
Nachbar, zu sich, der längst mit dem Plan umgegangen war, seine
Besitzungen durch den Ankauf der, ihre Grenze berührenden,
Grundstücke zu vergrößern, und fragte ihn, nachdem sich dersel-   10
be bei ihm niedergelassen, was er für seine Besitzungen, im Brandenburgischen und im Sächsischen, Haus und Hof, in Pausch und
Bogen, es sei nagelfest oder nicht, geben wolle? Lisbeth, sein Weib,
erblasste bei diesen Worten. Sie wandte sich, und hob ihr Jüngstes
auf, das hinter ihr auf dem Boden spielte, Blicke, in welchen sich   15
der Tod malte, bei den roten Wangen des Knaben vorbei, der mit
ihren Halsbändern spielte, auf den Rosskamm, und ein Papier werfend, das er in der Hand hielt. Der Amtmann fragte, indem er ihn
befremdet ansah, was ihn plötzlich auf so sonderbare Gedanken
bringe; worauf jener, mit so viel Heiterkeit, als er erzwingen konn-   20
te, erwiderte: der Gedanke, seinen Meierhof, an den Ufern der
Havel, zu verkaufen, sei nicht allzu neu; sie hätten beide schon oft
über diesen Gegenstand verhandelt; sein Haus in der Vorstadt in
Dresden sei, in Vergleich damit, ein bloßer Anhang, der nicht in
Erwägung komme; und kurz, wenn er ihm seinen Willen tun, und   25
beide Grundstücke übernehmen wolle, so sei er bereit, den Kon-
trakt[33] darüber mit ihm abzuschließen. Er setzte, mit einem etwas
erzwungenen Scherz hinzu, Kohlhaasenbrück sei ja nicht die Welt;
es könne Zwecke geben, in Vergleich mit welchen, seinem Haus-
wesen, als ein ordentlicher Vater, vorzustehen, untergeordnet und   30
nichtswürdig sei; und kurz, seine Seele, müsse er ihm sagen, sei auf
große Dinge gestellt, von welchen er vielleicht bald hören werde.
Der Amtmann, durch diese Worte beruhigt, sagte, auf eine lustige
Art, zur Frau, die das Kind einmal über das andere küsste: er werde
doch nicht gleich Bezahlung verlangen? legte Hut und Stock, die   35
er zwischen den Knien gehalten hatte, auf den Tisch, und nahm
das Blatt, das der Rosskamm in der Hand hielt, um es zu durchle-

---

33 Vertrag

sen. Kohlhaas, indem er demselben näher rückte, erklärte ihm, dass es ein von ihm aufgesetzter eventueller in vier Wochen verfallener Kaufkontrakt sei; zeigte ihm, dass darin nichts fehle, als die Unterschriften, und die Einrückung der Summen, sowohl was den Kaufpreis selbst, als auch den Reukauf, d. h. die Leistung betreffe, zu der er sich, falls er binnen vier Wochen zurückträte, verstehen wolle; und forderte ihn noch einmal munter auf, ein Gebot zu tun, indem er ihm versicherte, dass er billig sein, und keine großen Umstände machen würde. Die Frau ging in der Stube auf und ab; ihre Brust flog, dass das Tuch, an welchem der Knabe gezupft hatte, ihr völlig von der Schulter herabzufallen drohte. Der Amtmann sagte, dass er ja den Wert der Besitzung in Dresden keineswegs beurteilen könne; worauf ihm Kohlhaas, Briefe, die bei ihrem Ankauf gewechselt worden waren, hinschiebend, antwortete: dass er sie zu 100 Goldgülden anschlage; obschon daraus hervorging, dass sie ihm fast um die Hälfte mehr gekostet hatte. Der Amtmann, der den Kaufkontrakt noch einmal überlas, und darin auch von seiner Seite, auf eine sonderbare Art, die Freiheit stipuliert[34] fand, zurückzutreten, sagte, schon halb entschlossen: dass er ja die Gestütpferde, die in seinen Ställen wären, nicht brauchen könne; doch da Kohlhaas erwiderte, dass er die Pferde auch gar nicht loszuschlagen willens sei, und dass er auch einige Waffen, die in der Rüstkammer hingen, für sich behalten wolle, so – zögerte jener noch und zögerte, und wiederholte endlich ein Gebot, das er ihm vor kurzem schon einmal, halb im Scherz, halb im Ernst, nichtswürdig gegen den Wert der Besitzung, auf einem Spaziergang gemacht hatte. Kohlhaas schob ihm Tinte und Feder hin, um zu schreiben; und da der Amtmann, der seinen Sinnen nicht traute, ihn noch einmal gefragt hatte, ob es sein Ernst sei? und der Rosskamm ihm ein wenig empfindlich geantwortet hatte: ob er glaube, dass er bloß seinen Scherz mit ihm treibe? so nahm jener zwar, mit einem bedenklichen Gesicht, die Feder, und schrieb; dagegen durchstrich er den Punkt, in welchem von der Leistung, falls dem Verkäufer der Handel gereuen sollte, die Rede war; verpflichtete sich zu einem Darlehn von 100 Goldgülden, auf die Hypothek des Dresdenschen Grundstücks, das er auf keine Weise käuflich an sich bringen wollte; und ließ ihm, binnen zwei Monaten völlige Frei-

---

34 eingeräumt, vereinbart

heit, von dem Handel wieder zurückzutreten. Der Rosskamm, von
diesem Verfahren gerührt, schüttelte ihm mit vieler Herzlichkeit
die Hand; und nachdem sie noch, welches eine Hauptbedingung
war, übereingekommen waren, dass des Kaufpreises vierter Teil unfehlbar gleich bar, und der Rest, in drei Monaten, in der Hambur- 5
ger Bank, gezahlt werden sollte, rief jener nach Wein, um sich
eines so glücklich abgemachten Geschäfts zu erfreuen. Er sagte
einer Magd, die mit den Flaschen hereintrat, Sternbald, der Knecht,
solle ihm den Fuchs satteln; er müsse, gab er an, nach der Hauptstadt reiten, wo er Verrichtungen habe; und gab zu verstehen, dass 10
er in kurzem, wenn er zurückkehre, sich offenherziger über das,
was er jetzt noch für sich behalten müsse, auslassen würde. Hierauf, indem er die Gläser einschenkte, fragte er nach dem Polen
und Türken, die gerade damals miteinander im Streit lagen; ver-
wickelte den Amtmann in mancherlei politische Konjekturen[35] 15
darüber; trank ihm schlüsslich hierauf noch einmal das Gedeihen
ihres Geschäfts zu, und entließ ihn. – Als der Amtmann das Zimmer verlassen hatte, fiel Lisbeth auf Knien vor ihm nieder. Wenn
du mich irgend, rief sie, mich und die Kinder, die ich dir geboren
habe, in deinem Herzen trägst; wenn wir nicht im Voraus schon, 20
um welcher Ursach willen, weiß ich nicht, verstoßen sind: so sage
mir, was diese entsetzlichen Anstalten zu bedeuten haben! Kohlhaas sagte: liebstes Weib, nichts, das dich noch, so wie die Sachen
stehn, beunruhigen dürfte. Ich habe eine Resolution erhalten, in
welcher man mir sagt, dass meine Klage gegen den Junker Wenzel 25
von Tronka eine nichtsnutzige Stänkerei sei. Und weil hier ein
Missverständnis obwalten[36] muss: so habe ich mich entschlossen,
meine Klage noch einmal, persönlich bei dem Landesherrn selbst,
einzureichen. – Warum willst du dein Haus verkaufen? rief sie,
indem sie mit einer verstörten Gebärde, aufstand. Der Rosskamm, 30
indem er sie sanft an seine Brust drückte, erwiderte: weil ich in
einem Lande, liebste Lisbeth, in welchem man mich, in meinen
Rechten, nicht schützen will, nicht bleiben mag. Lieber ein Hund
sein, wenn ich von Füßen getreten werden soll, als ein Mensch!
Ich bin gewiss, dass meine Frau hierin so denkt, als ich. – Woher 35
weißt du, fragte jene wild, dass man dich in deinen Rechten nicht

---

35 Vermutungen
36 vorliegen

schützen wird? Wenn du dem Herrn bescheiden, wie es dir zukommt, mit deiner Bittschrift nahst. Woher weißt du, dass sie beiseite geworfen, oder mit Verweigerung, dich zu hören, beantwortet werden wird? – Wohlan, antwortete Kohlhaas, wenn meine
5 Furcht hierin ungegründet ist, so ist auch mein Haus noch nicht verkauft. Der Herr selbst, weiß ich, ist gerecht; und wenn es mir nur gelingt, durch die, die ihn umringen, bis an seine Person zu kommen, so zweifle ich nicht, ich verschaffe mir Recht, und kehre fröhlich, noch ehe die Woche verstreicht, zu dir und meinen alten
10 Geschäften zurück. Möchte ich alsdann noch, setzt' er hinzu, indem er sie küsste, bis an das Ende meines Lebens bei dir verharren! – Doch ratsam ist es, fuhr er fort, dass ich mich auf jeden Fall gefasst mache; und daher wünschte ich, dass du dich, auf einige Zeit, wenn es sein kann, entferntest, und mit den Kindern zu dei-
15 ner Muhme[37] nach Schwerin gingst, die du überdies längst hast besuchen wollen. – Wie? rief die Hausfrau. Ich soll nach Schwerin gehen? Über die Grenze mit den Kindern, zu meiner Muhme nach Schwerin? Und das Entsetzen erstickte ihr die Sprache. – Allerdings, antwortete Kohlhaas, und das, wenn es sein kann, gleich,
20 damit ich in den Schritten, die ich für meine Sache tun will, durch keine Rücksichten gestört werde. – »O! ich verstehe dich!« rief sie. »Du brauchst jetzt nichts mehr, als Waffen und Pferde; alles andere kann nehmen, wer will!« Und damit wandte sie sich, warf sich auf einen Sessel nieder, und weinte. – Kohlhaas sagte betroffen:
25 liebste Lisbeth, was machst du? Gott hat mich mit Weib und Kindern und Gütern gesegnet; soll ich heute zum ersten Mal wünschen, dass es anders wäre? – – – Er setzte sich zu ihr, die ihm, bei diesen Worten, errötend um den Hals gefallen war, freundlich nieder. – Sag mir an, sprach er, indem er ihr die Locken von der Stirn
30 strich: was soll ich tun? Soll ich meine Sache aufgeben? Soll ich nach der Tronkenburg gehen, und den Ritter bitten, dass er mir die Pferde wiedergebe, mich aufschwingen, und sie dir herreiten? – Lisbeth wagte nicht: ja! ja! ja! zu sagen – sie schüttelte weinend mit dem Kopf, sie drückte ihn heftig an sich, und überdeckte mit hei-
35 ßen Küssen seine Brust. »Nun also!« rief Kohlhaas. »Wenn du fühlst, dass mir, falls ich mein Gewerbe forttreiben soll, Recht werden muss: so gönne mir auch die Freiheit, die mir nötig ist, es mir

---

37 Tante

zu verschaffen!« Und damit stand er auf, und sagte dem Knecht, der ihm meldete, dass der Fuchs gesattelt stünde: morgen müssten auch die Braunen angeschirrt werden, um seine Frau nach Schwerin zu führen. Lisbeth sagte: sie habe einen Einfall! Sie erhob sich, wischte sich die Tränen aus den Augen, und fragte ihn, der sich an einem Pult niedergesetzt hatte: ob er ihr die Bittschrift geben, und sie, statt seiner, nach Berlin gehen lassen wolle, um sie dem Landesherrn zu überreichen. Kohlhaas, von dieser Wendung, um mehr als einer Ursach willen, gerührt, zog sie auf seinen Schoß nieder, und sprach: liebste Frau, das ist nicht wohl möglich! Der Landesherr ist vielfach umringt, mancherlei Verdrießlichkeiten ist der ausgesetzt, der ihm naht. Lisbeth versetzte, dass es in tausend Fällen einer Frau leichter sei, als einem Mann, ihm zu nahen. Gib mir die Bittschrift, wiederholte sie; und wenn du weiter nichts willst, als sie in seinen Händen wissen, so verbürge ich mich dafür: er soll sie bekommen! Kohlhaas, der von ihrem Mut sowohl, als ihrer Klugheit, mancherlei Proben hatte, fragte, wie sie es denn anzustellen denke; worauf sie, indem sie verschämt vor sich niedersah, erwiderte: dass der Kastellan[38] des kurfürstlichen Schlosses, in früheren Zeiten, da er zu Schwerin in Diensten gestanden, um sie geworben habe; dass derselbe zwar jetzt verheiratet sei, und mehrere Kinder habe; dass sie aber immer noch nicht ganz vergessen wäre; – und kurz, dass er es ihr nur überlassen möchte, aus diesem und manchem andern Umstand, der zu beschreiben zu weitläufig wäre, Vorteil zu ziehen. Kohlhaas küsste sie mit vieler Freude, sagte, dass er ihren Vorschlag annähme, belehrte sie, dass es weiter nichts bedürfe, als einer Wohnung bei der Frau desselben, um den Landesherrn, im Schlosse selbst, anzutreten, gab ihr die Bittschrift, ließ die Braunen anspannen, und schickte sie mit Sternbald, seinem treuen Knecht, wohleingepackt ab.

Diese Reise war aber von allen erfolglosen Schritten, die er in seiner Sache getan hatte, der allerunglücklichste. Denn schon nach wenigen Tagen zog Sternbald in den Hof wieder ein, Schritt vor Schritt den Wagen führend, in welchem die Frau, mit einer gefährlichen Quetschung an der Brust, ausgestreckt darniederlag. Kohlhaas, der bleich an das Fuhrwerk trat, konnte nichts Zusammenhängendes über das, was dieses Unglück verursacht hatte, er-

---

38 Hausmeister

fahren. Der Kastellan war, wie der Knecht sagte, nicht zu Hause
gewesen; man war also genötigt worden, in einem Wirtshause, das
in der Nähe des Schlosses lag, abzusteigen; dies Wirtshaus hatte
Lisbeth am andern Morgen verlassen, und dem Knecht befohlen,
5 bei den Pferden zurückzubleiben; und eher nicht, als am Abend,
sei sie, in diesem Zustand, zurückgekommen. Es schien, sie hatte
sich zu dreist an die Person des Landesherrn vorgedrängt, und,
ohne Verschulden desselben, von dem bloßen rohen Eifer einer
Wache, die ihn umringte, einen Stoß, mit dem Schaft einer Lanze
10 vor die Brust erhalten. Wenigstens berichteten die Leute so, die sie,
in bewusstlosem Zustand, gegen Abend in den Gasthof brachten;
denn sie selbst konnte, von aus dem Mund vorquellendem Blute
gehindert, wenig sprechen. Die Bittschrift war ihr nachher durch
einen Ritter abgenommen worden. Sternbald sagte, dass es sein
15 Wille gewesen sei, sich gleich auf ein Pferd zu setzen, und ihm
von diesem unglücklichen Vorfall Nachricht zu geben; doch sie
habe, trotz der Vorstellungen des herbeigerufenen Wundarztes,
darauf bestanden, ohne alle vorgängige Benachrichtigungen, zu
ihrem Manne nach Kohlhaasenbrück abgeführt zu werden. Kohl-
20 haas brachte sie, die von der Reise völlig zugrunde gerichtet worden war, in ein Bett, wo sie, unter schmerzhaften Bemühungen,
Atem zu holen, noch einige Tage lebte. Man versuchte vergebens,
ihr das Bewusstsein wiederzugeben, um über das, was vorgefallen
war, einige Aufschlüsse zu erhalten; sie lag, mit starrem, schon
25 gebrochenen Auge, da, und antwortete nicht. Nur kurz vor ihrem
Tode kehrte ihr noch einmal die Besinnung wieder. Denn da ein
Geistlicher lutherischer Religion (zu welchem eben damals auf-
keimenden Glauben sie sich, nach dem Beispiel ihres Mannes,
bekannt hatte) neben ihrem Bette stand, und ihr mit lauter und
30 empfindlich-feierlicher Stimme, ein Kapitel aus der Bibel vorlas:
so sah sie ihn plötzlich, mit einem finstern Ausdruck, an, nahm
ihm, als ob ihr daraus nichts vorzulesen wäre, die Bibel aus der
Hand, blätterte und blätterte, und schien etwas darin zu suchen;
und zeigte dem Kohlhaas, der an ihrem Bette saß, mit dem Zeige-
35 finger, den Vers: »Vergib deinen Feinden; tue wohl auch denen,
die dich hassen.« – Sie drückte ihm dabei mit einem überaus see-
lenvollen Blick die Hand, und starb. – Kohlhaas dachte: »so möge
mir Gott nie vergeben, wie ich dem Junker vergebe!« küsste sie,

24

indem ihm häufig die Tränen flossen, drückte ihr die Augen zu, und verließ das Gemach. Er nahm die hundert Goldgülden, die ihm der Amtmann schon, für die Ställe in Dresden, zugefertigt hatte, und bestellte ein Leichenbegängnis, das weniger für sie, als für eine Fürstin, angeordnet schien: ein eichener Sarg, stark mit Metall beschlagen, Kissen von Seide, mit goldnen und silbernen Troddeln, und ein Grab von acht Ellen Tiefe, mit Feldsteinen gefüttert und Kalk. Er stand selbst, sein Jüngstes auf dem Arm, bei der Gruft, und sah der Arbeit zu. Als der Begräbnistag kam, ward die Leiche, weiß wie Schnee, in einen Saal aufgestellt, den er mit schwarzem Tuch hatte beschlagen lassen. Der Geistliche hatte eben eine rührende Rede an ihrer Bahre vollendet, als ihm die landesherrliche Resolution auf die Bittschrift zugestellt ward, welche die Abgeschiedene übergeben hatte, des Inhalts: er solle die Pferde von der Tronkenburg abholen, und bei Strafe, in das Gefängnis geworfen zu werden, nicht weiter in dieser Sache einkommen. Kohlhaas steckte den Brief ein, und ließ den Sarg auf den Wagen bringen. Sobald der Hügel geworfen, das Kreuz darauf gepflanzt, und die Gäste, die die Leiche bestattet hatten, entlassen waren, warf er sich noch einmal vor ihrem, nun veröderten Bette nieder, und übernahm sodann das Geschäft der Rache. Er setzte sich nieder und verfasste einen Rechtsschluss[39], in welchem er den Junker Wenzel von Tronka, kraft der ihm angeborenen Macht, verdammte, die Rappen, die er ihm abgenommen, und auf den Feldern zugrunde gerichtet, binnen drei Tagen nach Sicht, nach Kohlhaasenbrück zu führen, und in Person in seinen Ställen dick zu füttern. Diesen Schluss sandte er durch einen reitenden Boten an ihn ab, und instruierte denselben, flugs nach Übergabe des Papiers, wieder bei ihm in Kohlhaasenbrück zu sein. Da die drei Tage, ohne Überlieferung der Pferde, verflossen, so rief er Hersen, eröffnete ihm, was er dem Jungherrn, die Dickfütterung derselben anbetreffend, aufgegeben; fragte ihn zweierlei, ob er mit ihm nach der Tronkenburg reiten und den Jungherrn holen; auch, ob er über den Hergeholten, wenn er bei Erfüllung des Rechtsschlusses, in den Ställen von Kohlhaasenbrück, faul sei, die Peitsche führen wolle? und da Herse, so wie er ihn nur verstanden hatte, »Herr, heute noch!« aufjauchzte, und, indem er die Mütze in die Höhe warf, versicherte:

---

39 Entschluss, den Rechtsstreit mit Wenzel v. Tronka auf seine Art zu lösen

einen Riemen, mit zehn Knoten, um ihm das Striegeln zu lehren, lasse er sich flechten! so verkaufte Kohlhaas das Haus, schickte die Kinder, in einen Wagen gepackt, über die Grenze; rief, bei Anbruch der Nacht, auch die übrigen Knechte zusammen, sieben an der Zahl, treu ihm jedweder, wie Gold; bewaffnete und beritt sie, und brach nach der Tronkenburg auf.

Er fiel auch, mit diesem kleinen Haufen, schon, beim Einbruch der dritten Nacht, den Zollwärter und Torwächter, die im Gespräch unter dem Tor standen, niederreitend, in die Burg, und während, unter plötzlicher Aufprasselung aller Baracken im Schlossraum, die sie mit Feuer bewarfen, Herse, über die Windeltreppe, in den Turm der Vogtei eilte, und den Schlossvogt und Verwalter, die, halb entkleidet, beim Spiel saßen, mit Hieben und Stichen überfiel, stürzte Kohlhaas zum Junker Wenzel ins Schloss. Der Engel des Gerichts fährt also vom Himmel herab; und der Junker, der eben, unter vielem Gelächter, dem Tross junger Freunde, der bei ihm war, den Rechtsschluss, den ihm der Rosskamm übermacht hatte, vorlas, hatte nicht so bald dessen Stimme im Schlosshof vernommen: als er den Herren schon, plötzlich leichenbleich: Brüder, rettet euch! zurief, und verschwand. Kohlhaas, der, beim Eintritt in den Saal, einen Junker Hans von Tronka, der ihm entgegenkam, bei der Brust fasste, und in den Winkel des Saals schleuderte, dass er sein Hirn an den Steinen versprützte, fragte, während die Knechte die anderen Ritter, die zu den Waffen gegriffen hatten, überwältigten, und zerstreuten: wo der Junker Wenzel von Tronka sei? Und da er, bei der Unwissenheit der betäubten Männer, die Türen zweier Gemächer, die in die Seitenflügel des Schlosses führten, mit einem Fußtritt sprengte, und in allen Richtungen, in denen er das weitläufige Gebäude durchkreuzte, niemanden fand, so stieg er fluchend in den Schlosshof hinab, um die Ausgänge besetzt zu lassen. Inzwischen war, vom Feuer der Baracken ergriffen, nun schon das Schloss, mit allen Seitengebäuden, starken Rauch gen Himmel qualmend, angegangen, und während Sternbald, mit drei geschäftigen Knechten, alles, was nicht niet- und nagelfest war, zusammenschleppten, und zwischen den Pferden, als gute Beute, umstürzten, flogen, unter dem Jubel Hersens, aus den offenen Fenstern der Vogtei, die Leichen des Schlossvogts und Verwalters, mit Weib und Kindern, herab. Kohlhaas, dem sich, als er die Treppe vom Schloss nieder-

stieg, die alte, von der Gicht geplagte Haushälterin, die dem Junker
die Wirtschaft führte, zu Füßen warf, fragte sie, indem er auf der
Stufe stehen blieb: wo der Junker Wenzel von Tronka sei? und da sie
ihm, mit schwacher, zitternder Stimme, zur Antwort gab: sie glaube, er habe sich in die Kapelle geflüchtet, so rief er zwei Knechte
mit Fackeln, ließ, in Ermangelung der Schlüssel, den Eingang mit
Brechstangen und Beilen eröffnen, kehrte Altäre und Bänke um,
und fand gleichwohl, zu seinem grimmigen Schmerz, den Junker
nicht. Es traf sich, dass ein junger, zum Gesinde der Tronkenburg
gehöriger Knecht, in dem Augenblick, da Kohlhaas aus der Kapelle zurückkam, herbeieilte, um aus einem weitläufigen, steinernen
Stall, den die Flamme bedrohte, die Streithengste des Junkers her-
auszuziehen. Kohlhaas, der, in eben diesem Augenblick, in einem
kleinen, mit Stroh bedeckten Schuppen, seine beiden Rappen erblickte, fragte den Knecht: warum er die Rappen nicht rette? und
da dieser, indem er den Schlüssel in die Stalltür steckte, antwortete: der Schuppen stehe ja schon in Flammen; so warf Kohlhaas den
Schlüssel, nachdem er ihn mit Heftigkeit aus der Stalltüre gerissen,
über die Mauer, trieb den Knecht, mit hageldichten, flachen Hieben der Klinge, in den brennenden Schuppen hinein, und zwang
ihn, unter entsetzlichem Gelächter der Umstehenden, die Rappen
zu retten. Gleichwohl, als der Knecht schreckenblass, wenige Mo-
mente nachdem der Schuppen hinter ihm zusammenstürzte, mit
den Pferden, die er an der Hand hielt, daraus hervortrat, fand er
den Kohlhaas nicht mehr; und da er sich zu den Knechten auf den
Schlossplatz begab, und den Rosshändler, der ihm mehrere Mal
den Rücken zukehrte, fragte: was er mit den Tieren nun anfangen
solle? – hob dieser plötzlich, mit einer fürchterlichen Gebärde, den
Fuß, dass der Tritt, wenn er ihn getan hätte, sein Tod gewesen
wäre: bestieg, ohne ihm zu antworten, seinen Braunen, setzte sich
unter das Tor der Burg, und erharrte, inzwischen die Knechte ihr
Wesen forttrieben, schweigend den Tag.
Als der Morgen anbrach, war das ganze Schloss, bis auf die Mauern, niedergebrannt, und niemand befand sich mehr darin, als
Kohlhaas und seine sieben Knechte. Er stieg vom Pferde, und un-
tersuchte noch einmal, beim hellen Schein der Sonne, den ganzen,
in allen seinen Winkeln jetzt von ihr erleuchteten Platz, und da
er sich, so schwer es ihm auch ward, überzeugen musste, dass die

Unternehmung auf die Burg fehlgeschlagen war, so schickte er, die
Brust voll Schmerz und Jammer, Hersen mit einigen Knechten aus,
um über die Richtung, die der Junker auf seiner Flucht genommen,
Nachricht einzuziehen. Besonders beunruhigte ihn ein reiches
Fräuleinstift[40], namens Erlabrunn, das an den Ufern der Mulde
lag, und dessen Äbtissin, Antonia von Tronka, als eine fromme,
wohltätige und heilige Frau, in der Gegend bekannt war; denn es
schien dem unglücklichen Kohlhaas nur zu wahrscheinlich, dass
der Junker sich, entblößt von aller Notdurft[41], wie er war, in dieses
Stift geflüchtet hatte, indem die Äbtissin seine leibliche Tante und
die Erzieherin seiner ersten Kindheit war. Kohlhaas, nachdem er
sich von diesem Umstand unterrichtet hatte, bestieg den Turm der
Vogtei, in dessen Innerem sich noch ein Zimmer, zur Bewohnung
brauchbar, darbot, und verfasste ein sogenanntes »Kohlhaasisches
Mandat«[42], worin er das Land aufforderte, dem Junker Wenzel von
Tronka, mit dem er in einem gerechten Krieg liege, keinen Vor-
schub zu tun, vielmehr jeden Bewohner, seine Verwandten und
Freunde nicht ausgenommen, verpflichtete, denselben bei Strafe
Leibes und des Lebens, und unvermeidlicher Einäscherung alles
dessen, was ein Besitztum heißen mag, an ihn auszuliefern. Diese
Erklärung streute er, durch Reisende und Fremde, in der Gegend
aus; ja, er gab Waldmann, dem Knecht, eine Abschrift davon, mit
dem bestimmten Auftrag, sie in die Hände der Dame Antonia nach
Erlabrunn zu bringen. Hierauf besprach er einige Tronkenburgi-
sche Knechte, die mit dem Junker unzufrieden waren, und von der
Aussicht auf Beute gereizt, in seine Dienste zu treten wünschten;
bewaffnete sie, nach Art des Fußvolks, mit Armbrüsten und Dol-
chen, und lehrte sie, hinter den berittenen Knechten aufsitzen;
und nachdem er alles, was der Tross zusammengeschleppt hatte,
zu Geld gemacht und das Geld unter denselben verteilt hatte, ru-
hete er einige Stunden, unter dem Burgtor von seinen jämmerlichen Geschäften aus.

Gegen Mittag kam Herse und bestätigte ihm, was ihm sein Herz,
immer auf die trübsten Ahnungen gestellt, schon gesagt hatte:
nämlich, dass der Junker in dem Stift zu Erlabrunn, bei der alten

---

40 klösterliche Stiftung für adlige unverheiratete Frauen
41 ohne das Allernotwendigste
42 Anordnung, Ankündigung

Dame Antonia von Tronka, seiner Tante, befindlich sei. Es schien, er hatte sich, durch eine Tür, die, an der hinteren Wand des Schlosses, in die Luft hinausging, über eine schmale, steinerne Treppe gerettet, die, unter einem kleinen Dach, zu einigen Kähnen in die Elbe hinablief. Wenigstens berichtete Herse, dass er, in einem Elbdorf, zum Befremden der Leute, die wegen des Brandes in der Tronkenburg versammelt gewesen, um Mitternacht, in einem Nachen, ohne Steuer und Ruder, angekommen, und mit einem Dorffuhrwerk nach Erlabrunn weitergereist sei. – – – Kohlhaas seufzte bei dieser Nachricht tief auf; er fragte, ob die Pferde gefressen hätten? und da man ihm antwortete: ja: so ließ er den Haufen aufsitzen, und stand schon in drei Stunden vor Erlabrunn. Eben, unter dem Gemurmel eines entfernten Gewitters am Horizont, mit Fackeln, die er sich vor dem Ort angesteckt, zog er mit einer Schar in den Klosterhof ein, und Waldmann, der Knecht, der ihm entgegentrat, meldete ihm, dass das Mandat richtig abgegeben sei, als er die Äbtissin und den Stiftsvogt, in einem verstörten Wortwechsel, unter das Portal des Klosters treten sah; und während jener, der Stiftsvogt, ein kleiner, alter, schneeweißer Mann, grimmige Blicke auf Kohlhaas schießend, sich den Harnisch anlegen ließ, und den Knechten, die ihn umringten, mit dreister Stimme zurief, die Sturmglocke zu ziehn: trat jene, die Stiftsfrau, das silberne Bildnis des Gekreuzigten in der Hand, bleich, wie Linnenzeug, von der Rampe herab, und warf sich mit allen ihren Jungfrauen, vor Kohlhaasens Pferd nieder. Kohlhaas, während Herse und Sternbald den Stiftsvogt, der kein Schwert in der Hand hatte, überwältigten, und als Gefangenen zwischen die Pferde führten, fragte sie: wo der Junker Wenzel von Tronka sei? und da sie, einen großen Ring mit Schlüsseln von ihrem Gürtel loslösend: in Wittenberg, Kohlhaas, würdiger Mann! antwortete, und, mit bebender Stimme, hinzusetzte: fürchte Gott und tue kein Unrecht! – so wandte Kohlhaas, in die Hölle unbefriedigter Rache zurückgeschleudert, das Pferd, und war im Begriff: steckt an! zu rufen, als ein ungeheurer Wetterschlag, dicht neben ihm, zur Erde niederfiel. Kohlhaas, indem er sein Pferd zu ihr zurückwandte, fragte sie: ob sie sein Mandat erhalten? und da die Dame mit schwacher, kaum hörbarer Stimme, antwortete: eben jetzt! – »Wann?« – Zwei Stunden, so wahr mir Gott helfe, nach des Junkers, meines Vetters, bereits vollzogener

Abreise! – – – und Waldmann, der Knecht, zu dem Kohlhaas sich,
unter finsteren Blicken, umkehrte, stotternd diesen Umstand bestätigte, indem er sagte, dass die Gewässer der Mulde, vom Regen
geschwellt, ihn verhindert hätten, früher, als eben jetzt, einzu-
5 treffen: so sammelte sich Kohlhaas; ein plötzlich furchtbarer Re-
genguss, der die Fackeln verlöschend, auf das Pflaster des Platzes
niederrauschte, löste den Schmerz in seiner unglücklichen Brust;
er wandte, indem er kurz den Hut vor der Dame rückte, sein Pferd,
drückte ihm, mit den Worten: folgt mir meine Brüder, der Junker
10 ist in Wittenberg! die Sporen ein, und verließ das Stift.
Er kehrte, da die Nacht einbrach, in einem Wirtshause auf der
Landstraße ein, wo er, wegen großer Ermüdung der Pferde, einen
Tag ausruhen musste, und da er wohl einsah, dass er mit einem
Haufen von zehn Mann (denn so stark war er jetzt), einem Platz
15 wie Wittenberg war, nicht trotzen konnte, so verfasste er ein zwei-
tes Mandat, worin er, nach einer kurzen Erzählung dessen, was
ihm im Lande begegnet, »jeden guten Christen«, wie er sich ausdrückte, »unter Angelobung eines Handgelds[43] und anderer kriegerischen Vorteile«, aufforderte »seine Sache gegen den Junker von
20 Tronka, als dem allgemeinen Feind aller Christen, zu ergreifen«. In
einem anderen Mandat, das bald darauf erschien, nannte er sich:
»einen Reichs- und Weltfreien, Gott allein unterworfenen Herrn«;
eine Schwärmerei krankhafter und missgeschaffener Art, die ihm
gleichwohl, bei dem Klang seines Geldes und der Aussicht auf
25 Beute, unter dem Gesindel, das der Friede mit Polen außer Brot
gesetzt hatte, Zulauf in Menge verschaffte: dergestalt, dass er in der
Tat dreißig und etliche Köpfe zählte, als er sich, zur Einäscherung
von Wittenberg, auf die rechte Seite der Elbe zurückbegab. Er lager-
te sich, mit Pferden und Knechten, unter dem Dache einer alten
30 verfallenen Ziegelscheune, in der Einsamkeit eines finstern Wal-
des, der damals diesen Platz umschloss, und hatte nicht so bald
durch Sternbald, den er, mit dem Mandat, verkleidet in die Stadt
schickte, erfahren, dass das Mandat daselbst schon bekannt sei, als
er auch mit seinen Haufen schon, am heiligen Abend vor Pfings-
35 ten, aufbrach, und den Platz, während die Bewohner im tiefsten
Schlaf lagen, an mehreren Ecken zugleich, in Brand steckte. Dabei
klebte er, während die Knechte in der Vorstadt plünderten, ein

---

43 Versprechen eines Geldbetrags

Blatt an den Türpfeiler einer Kirche an, des Inhalts: »er, Kohlhaas, habe die Stadt in Brand gesteckt, und werde sie, wenn man ihm den Junker nicht ausliefere, dergestalt einäschern, dass er«, wie er sich ausdrückte, »hinter keiner Wand werde zu sehen brauchen, um ihn zu finden.« – Das Entsetzen der Einwohner, über diesen unerhörten Frevel, war unbeschreiblich; und die Flamme, die bei einer zum Glück ziemlich ruhigen Sommernacht, zwar nicht mehr als neunzehn Häuser, worunter gleichwohl eine Kirche war, in den Grund gelegt hatte, war nicht sobald, gegen Anbruch des Tages, einigermaßen gedämpft worden, als der alte Landvogt, Otto von Gorgas, bereits ein Fähnlein von funfzig Mann aussandte, um den entsetzlichen Wüterich aufzuheben. Der Hauptmann aber, der es führte, namens Gerstenberg, benahm sich so schlecht dabei, dass die ganze Expedition Kohlhaasen, statt ihn zu stürzen, vielmehr zu einem höchst gefährlichen kriegerischen Ruhm verhalf; denn da dieser Kriegsmann sich in mehrere Abteilungen auflöste, um ihn, wie er meinte, zu umzingeln und zu erdrücken, ward er von Kohlhaas, der seinen Haufen zusammenhielt, auf vereinzelten Punkten, angegriffen und geschlagen, dergestalt, dass schon, am Abend des nächstfolgenden Tages, kein Mann mehr von dem ganzen Haufen, auf den die Hoffnung des Landes gerichtet war, gegen ihm im Felde stand. Kohlhaas, der durch diese Gefechte einige Leute eingebüßt hatte, steckte die Stadt, am Morgen des nächsten Tages, von neuem in Brand, und seine mörderischen Anstalten waren so gut, dass wiederum eine Menge Häuser, und fast alle Scheunen der Vorstadt, in die Asche gelegt wurden. Dabei plackte[44] er das bewusste Mandat wieder, und zwar an die Ecken des Rathauses selbst, an, und fügte eine Nachricht über das Schicksal des, von dem Landvogt abgeschickten und von ihm zugrunde gerichteten, Hauptmanns von Gerstenberg bei. Der Landvogt, von diesem Trotz aufs äußerste entrüstet, setzte sich selbst, mit mehren Rittern, an die Spitze eines Haufens von hundertundfunfzig Mann. Er gab dem Junker Wenzel von Tronka, auf seine schriftliche Bitte, eine Wache, die ihn vor der Gewalttätigkeit des Volks, das ihn platterdings[45] aus der Stadt entfernt wissen wollte, schützte; und nachdem er, auf allen Dörfern in der Gegend, Wachen aufgestellt,

---

44 ein Plakat anheften
45 kurzerhand

auch die Ringmauer der Stadt, um sie vor einem Überfall zu decken, mit Posten besetzt hatte, zog er, am Tage des heiligen Gerva-
sius[46], selbst aus, um den Drachen, der das Land verwüstete, zu
fangen. Diesen Haufen war der Rosskamm klug genug, zu vermei-
den; und nachdem er den Landvogt, durch geschickte Märsche,
fünf Meilen von der Stadt hinweggelockt, und vermittelst mehrerer Anstalten, die er traf, zu dem Wahn verleitet hatte, dass er sich,
von der Übermacht gedrängt, ins Brandenburgische werfen würde:
wandte er sich plötzlich, beim Einbruch der dritten Nacht, kehrte,
in einem Gewaltritt, nach Wittenberg zurück, und steckte die Stadt
zum dritten Mal in Brand. Herse, der sich verkleidet in die Stadt
schlich, führte dieses entsetzliche Kunststück aus; und die Feuers-
brunst war, wegen eines scharf wehenden Nordwindes, so verderb-
lich und um sich fressend, dass, in weniger als drei Stunden, zwei-
undvierzig Häuser, zwei Kirchen, mehrere Klöster und Schulen,
und das Gebäude der kurfürstlichen Landvogtei selbst, in Schutt
und Asche lagen. Der Landvogt, der seinen Gegner, beim Anbruch
des Tages, im Brandenburgischen glaubte, fand, als er von dem,
was vorgefallen, benachrichtigt, in bestürzten Märschen zurück-
kehrte, die Stadt in allgemeinem Aufruhr; das Volk hatte sich zu
Tausenden vor dem, mit Balken und Pfählen verrammelten, Hause
des Junkers gelagert, und forderte, mit rasendem Geschrei, seine
Abführung aus der Stadt. Zwei Bürgermeister, namens Jenkens und
Otto, die in Amtskleidern an der Spitze des ganzen Magistrats gegenwärtig waren, bewiesen vergebens, dass man platterdings die
Rückkehr eines Eilboten abwarten müsse, den man wegen Erlaubnis den Junker nach Dresden bringen zu dürfen, wohin er selbst
aus mancherlei Gründen abzugehen wünsche, an den Präsidenten
der Staatskanzlei geschickt habe; der unvernünftige, mit Spießen
und Stangen bewaffnete Haufen gab auf diese Worte nichts, und
eben war man, unter Misshandlung einiger zu kräftigen Maßre-
geln auffordernden Räte, im Begriff das Haus worin der Junker war
zu stürmen, und der Erde gleichzumachen, als der Landvogt, Otto
von Gorgas, an der Spitze seines Reuterhaufens, in der Stadt erschien. Diesem würdigen Herrn, der schon durch seine bloße Gegenwart dem Volk Ehrfurcht und Gehorsam einzuflößen gewohnt
war, war es, gleichsam zum Ersatz für die fehlgeschlagene Unter-

---

46 19. Juni

nehmung, von welcher er zurückkam, gelungen, dicht vor den Toren der Stadt drei zersprengte Knechte von der Bande des Mordbrennens aufzufangen; und da er, inzwischen die Kerle vor dem Angesicht des Volks mit Ketten belastet wurden, den Magistrat in einer klugen Anrede versicherte, den Kohlhaas selbst denke er in 5 kurzem, indem er ihm auf die Spur sei, gefesselt einzubringen: so glückte es ihm, durch die Kraft aller dieser beschwichtigenden Umstände, die Angst des versammelten Volks zu entwaffnen, und über die Anwesenheit des Junkers, bis zur Zurückkunft des Eilboten aus Dresden, einigermaßen zu beruhigen. Er stieg, in Beglei- 10 tung einiger Ritter, vom Pferde, und verfügte sich, nach Wegräumung der Palisaden[47] und Pfähle, in das Haus, wo er den Junker, der aus einer Ohnmacht in die andere fiel, unter den Händen zweier Ärzte fand, die ihn mit Essenzen und Irritanzen[48] wieder ins Leben zurück zu bringen suchten; und da Herr Otto von Gorgas 15 wohl fühlte, dass dies der Augenblick nicht war, wegen der Aufführung, die er sich zu Schulden kommen lasse, Worte mit ihm zu wechseln: so sagte er ihm bloß, mit einem Blick stiller Verachtung, dass er sich ankleiden, und ihm, zu seiner eigenen Sicherheit, in die Gemächer der Ritterschaft folgen möchte. Als man dem Junker 20 ein Wams angelegt, und einen Helm aufgesetzt hatte, und er, die Brust, wegen Mangels an Luft, noch halb offen, am Arm des Landvogts und seines Schwagers, des Grafen von Gerschau, auf der Straße erschien, stiegen gotteslästerliche und entsetzliche Verwünschungen gegen ihn zum Himmel auf. Das Volk, von den Lands- 25 knechten nur mühsam zurückgehalten, nannte ihn einen Blutigel, einen elenden Landplager und Menschenquäler, den Fluch der Stadt Wittenberg, und das Verderben von Sachsen; und nach einem jämmerlichen Zuge durch die in Trümmern liegende Stadt, während welchem er mehrere Mal, ohne ihn zu vermissen, den 30 Helm verlor, den ihm ein Ritter von hinten wieder aufsetzte, erreichte man endlich das Gefängnis, wo er in einem Turm, unter dem Schutz einer starken Wache, verschwand. Mittlerweile setzte die Rückkehr des Eilboten, mit der kurfürstlichen Resolution, die Stadt in neue Besorgnis. Denn die Landesregierung, bei welchem 35 die Bürgerschaft von Dresden, in einer dringenden Supplik, un-

---

47 spitze Pfähle zur Abwehr eines Angriffs
48 Reiz; Aufputschmittel

mittelbar eingekommen war, wollte, vor Überwältigung des Mordbrenners, von dem Aufenthalt des Junkers in der Residenz nichts
wissen; vielmehr verpflichtete sie den Landvogt, denselben da, wo
er sei, weil er irgendwo sein müsse, mit der Macht, die ihm zu
5 Gebote stehe, zu beschirmen: wogegen sie der guten Stadt Wittenberg, zur ihrer Beruhigung, meldete, dass bereits ein Heerhaufen
von fünfhundert Mann, unter Anführung des Prinzen Friedrich
von Meißen im Anzuge sei, um sie vor den ferneren Belästigungen
desselben zu beschützen. Der Landvogt, der wohl einsah, dass eine
10 Resolution dieser Art, das Volk keineswegs beruhigen konnte:
denn nicht nur, dass mehrere kleine Vorteile, die der Rosshändler, an verschiedenen Punkten, vor der Stadt erfochten, über die
Stärke, zu der er herangewachsen, äußerst unangenehme Gerüchte
verbreiteten; der Krieg, den er, in der Finsternis der Nacht, durch
15 verkleidetes Gesindel, mit Pech, Stroh und Schwefel führte, hätte,
unerhört und beispiellos, wie er war, selbst einen größeren Schutz,
als mit welchem der Prinz von Meißen heranrückte, unwirksam
machen können: der Landvogt, nach einer kurzen Überlegung,
entschloss sich, die Resolution, die er empfangen, ganz und gar zu
20 unterdrücken. Er plackte bloß einen Brief, in welchem ihm der
Prinz von Meißen seine Ankunft meldete, an die Ecken der Stadt
an; ein verdeckter Wagen, der, beim Anbruch des Tages, aus dem
Hofe des Herrenzwingers kam, fuhr, von vier schwer bewaffneten
Reutern begleitet, auf die Straße nach Leipzig hinaus, wobei die
25 Reuter, auf eine unbestimmte Art verlauten ließen, dass es nach
der Pleißenburg gehe; und da das Volk über den heillosen Junker,
an dessen Dasein Feuer und Schwert gebunden, dergestalt be-
schwichtigt war, brach er selbst, mit einem Haufen von dreihun-
dert Mann, auf, um sich mit dem Prinzen Friedrich von Meißen zu
30 vereinigen. Inzwischen war Kohlhaas in der Tat, durch die sonderbare Stellung, die er in der Welt einnahm, auf hundertundneun
Köpfe herangewachsen; und da er auch in Jassen einen Vorrat an
Waffen aufgetrieben, und seine Schar, auf das Vollständigste, damit
ausgerüstet hatte: so fasste er, von dem doppelten Ungewitter, das
35 auf ihn heranzog, benachrichtigt, den Entschluss, demselben, mit
der Schnelligkeit des Sturmwinds, ehe es über ihn zusammen-
schlüge, zu begegnen. Demnach griff er schon, tags darauf, den
Prinzen von Meißen, in einem nächtlichen Überfall, bei Mühlberg

an; bei welchem Gefechte er zwar, zu seinem großen Leidwesen, den Herse einbüßte, der gleich durch die ersten Schüsse an seiner Seite zusammenstürzte: durch diesen Verlust erbittert aber, in einem drei Stunden langen Kampfe, den Prinzen, unfähig sich in dem Flecken zu sammeln, so zurichtete, dass er bei Anbruch des Tages, mehrerer schweren Wunden, und einer gänzlichen Unordnung seines Haufens wegen, genötigt war, den Rückweg nach Dresden einzuschlagen. Durch diesen Vorfall tollkühn gemacht, wandte er sich, ehe derselbe noch davon unterrichtet sein konnte, zu dem Landvogt zurück, fiel ihn bei dem Dorfe Damerow, am hellen Mittag, auf freiem Felde an, und schlug sich, unter mörderischem Verlust zwar, aber mit gleichen Vorteilen, bis in die sinkende Nacht mit ihm herum. Ja, er würde den Landvogt, der sich in den Kirchhof zu Damerow geworfen hatte, am andern Morgen unfehlbar mit dem Rest seines Haufens wieder angegriffen haben, wenn derselbe nicht durch Kundschafter von der Niederlage, die der Prinz bei Mühlberg erlitten, benachrichtigt worden wäre, und somit für ratsamer gehalten hätte, gleichfalls, bis auf einen besseren Zeitpunkt, nach Wittenberg zurückzukehren. Fünf Tage, nach Zersprengung dieser beiden Haufen, stand er vor Leipzig, und steckte die Stadt an drei Seiten in Brand. – Er nannte sich in dem Mandat, das er, bei dieser Gelegenheit, ausstreute, »einen Statthalter Michaels, des Erzengels, der gekommen sei, an allen, die in dieser Streitsache des Junkers Partei ergreifen würden, mit Feuer und Schwert, die Arglist, in welcher die ganze Welt versunken sei, zu bestrafen«. Dabei rief er, von dem Lützner Schloss aus, das er überrumpelt, und worin er sich festgesetzt hatte, das Volk auf, sich, zur Errichtung einer besseren Ordnung der Dinge, an ihn anzuschließen; und das Mandat war, mit einer Art von Verrückung⁴⁹, unterzeichnet: »Gegeben auf dem Sitz unserer provisorischen Weltregierung, dem Erzschlosse zu Lützen.« Das Glück der Einwohner von Leipzig wollte, dass das Feuer, wegen eines anhaltenden Regens, der vom Himmel fiel, nicht um sich griff, dergestalt, dass bei der Schnelligkeit der bestehenden Löschanstalten, nur einige Kramläden, die um die Pleißenburg lagen, in Flammen aufloderten. Gleichwohl war die Bestürzung in der Stadt, über das Dasein des rasenden Mordbrenners, und den Wahn, in welchem

49 Entrückung, Wirklichkeitsverlust

derselbe stand, dass der Junker in Leipzig sei, unaussprechlich; und
da ein Haufen von hundertundachtzig Reisigen[50], den man gegen
ihn ausschickte, zersprengt in die Stadt zurückkam: so blieb dem
Magistrat, der den Reichtum der Stadt nicht aussetzen wollte,
nichts anderes übrig, als die Tore gänzlich zu sperren, und die Bürgerschaft Tag und Nacht, außerhalb der Mauern, wachen zu lassen.
Vergebens ließ der Magistrat, auf den Dörfern der umliegenden
Gegend, Deklarationen anheften, mit der bestimmten Versicherung, dass der Junker nicht in der Pleißenburg sei; der Rosskamm,
in ähnlichen Blättern, bestand darauf, dass er in der Pleißenburg
sei und erklärte, dass, wenn derselbe nicht darin befindlich wäre,
er mindestens verfahren würde, als ob er darin wäre, bis man ihm
den Ort, mit Namen genannt, werde angezeigt haben, worin er
befindlich sei. Der Kurfürst, durch einen Eilboten, von der Not, in
welcher sich die Stadt Leipzig befand, benachrichtigt, erklärte,
dass er bereits einen Heerhaufen von zweitausend Mann zusam-
menzöge, und sich selbst an dessen Spitze setzen würde, um den
Kohlhaas zu fangen. Er erteilte dem Herrn Otto von Gorgas einen
schweren Verweis, wegen der zweideutigen und unüberlegten List,
die er angewendet, um des Mordbrenners aus der Gegend von Wittenberg loszuwerden; und niemand beschreibt die Verwirrung, die
ganz Sachsen und insbesondere die Residenz ergriff, als man daselbst erfuhr, dass, auf den Dörfern bei Leipzig, man wusste nicht
von wem, eine Deklaration an den Kohlhaas angeschlagen worden
sei, des Inhalts: »Wenzel, der Junker, befinde sich bei seinen Vet-
tern Hinz und Kunz, in Dresden.«
Unter diesen Umständen übernahm der Doktor Martin Luther
das Geschäft, den Kohlhaas, durch die Kraft beschwichtigender
Worte, von dem Ansehn, das ihm seine Stellung in der Welt gab,
unterstützt, in den Damm der menschlichen Ordnung zurückzu-
drücken, und auf ein tüchtiges Element in der Brust des Mordbrenners bauend, erließ er ein Plakat folgenden Inhalts an ihn,
das in allen Städten und Flecken des Kurfürstentums angeschlagen
ward:
»Kohlhaas, der du dich gesandt zu sein vorgibst, das Schwert der
Gerechtigkeit zu handhaben, was unterfängst du dich, Vermesse-
ner, im Wahnsinn stockblinder Leidenschaft, du, den Ungerech-

---

50 berittene Söldner

tigkeit selbst, vom Wirbel bis zur Sohle erfüllt? Weil der Landesherr
dir, dem du untertan bist, dein Recht verweigert hat, dein Recht
in dem Streit um ein nichtiges Gut, erhebst du dich, Heilloser, mit
Feuer und Schwert, und brichst, wie der Wolf der Wüste, in die
friedliche Gemeinheit[51], die er beschirmt. Du, der die Menschen 5
mit dieser Aufgabe, voll Unwahrhaftigkeit und Arglist, verführt:
meinst du, Sünder, vor Gott dereinst, an dem Tage, der in die Fal-
ten aller Herzen scheinen wird, damit auszukommen? Wie kannst
du sagen, dass dir dein Recht verweigert worden ist, du, dessen
grimmige Brust, vom Kitzel schnöder Selbstrache gereizt, nach den 10
ersten, leichtfertigen Versuchen, die dir gescheitert, die Bemühung
gänzlich aufgegeben hat, es dir zu verschaffen? Ist eine Bank voll
Gerichtsdienern und Schergen, die einen Brief, der gebracht wird,
unterschlagen, oder ein Erkenntnis, das sie abliefern sollen, zu-
rückhalten, deine Obrigkeit? Und muss ich dir sagen, Gottverges- 15
sener, dass deine Obrigkeit von deiner Sache nichts weiß – was
sag ich? dass der Landesherr, gegen den du dich auflehnst, auch
deinen Namen nicht kennt, dergestalt, dass wenn dereinst du vor
Gottes Thron trittst, in der Meinung, ihn anzuklagen, er, heiteren
Antlitzes, wird sprechen können: diesem Mann, Herr, tat ich kein 20
Unrecht, denn sein Dasein ist meiner Seele fremd? Das Schwert,
wisse, das du führst, ist das Schwert des Raubes und der Mordlust,
ein Rebell bist du und kein Krieger des gerechten Gottes, und
dein Ziel auf Erden ist Rad und Galgen, und jenseits die Verdammnis,
die über die Missetat und die Gottlosigkeit verhängt ist. 25
Wittenberg, usw.   *Martin Luther.*«

Kohlhaas wälzte eben, auf dem Schlosse zu Lützen, einen neuen
Plan, Leipzig einzuäschern, in seiner zerrissenen Brust herum: –
denn auf die, in den Dörfern angeschlagene Nachricht, dass der
Junker Wenzel in Dresden sei, gab er nichts, weil sie von nie- 30
mand, geschweige denn vom Magistrat, wie er verlangt hatte, unterschrieben war: – als Sternbald und Waldmann das Plakat, das,
zur Nachtzeit, an den Torweg des Schlosses, angeschlagen worden
war, zu ihrer großen Bestürzung, bemerkten. Vergebens hofften
sie, durch mehrere Tage, dass Kohlhaas, den sie nicht gern des- 35
halb antreten wollten, es erblicken würde; finster und in sich ge-

---

51 Gemeinschaft

kehrt, in der Abendstunde erschien er zwar, aber bloß, um seine
kurzen Befehle zu geben, und sah nichts; dergestalt, dass sie an
einem Morgen, da er ein paar Knechte, die in der Gegend, wider
seinen Willen, geplündert hatten, aufknüpfen lassen wollte, den
5 Entschluss fassten, ihn darauf aufmerksam zu machen. Eben kam
er, während das Volk von beiden Seiten schüchtern auswich, in
dem Aufzuge, der ihm, seit seinem letzten Mandat, gewöhnlich
war, von dem Richtplatz zurück: ein großes Cherubsschwert, auf
einem rotledernen Kissen, mit Quasten von Gold verziert, ward
10 ihm vorangetragen, und zwölf Knechte, mit brennenden Fackeln
folgten ihm: da traten die beiden Männer, ihre Schwerter unter
dem Arm so, dass es ihn befremden musste, um den Pfeiler, an
welchem das Plakat angeheftet war, herum. Kohlhaas, als er, mit
auf dem Rücken zusammengelegten Händen, in Gedanken ver-
15 tieft, unter das Portal kam, schlug die Augen auf und stutzte; und
da die Knechte, bei seinem Anblick, ehrerbietig auswichen: so trat
er, indem er sie zerstreut ansah, mit einigen raschen Schritten, an
den Pfeiler heran. Aber wer beschreibt, was in seiner Seele vorging,
als er das Blatt, dessen Inhalt ihn der Ungerechtigkeit zieh, daran
20 erblickte: unterzeichnet von dem teuersten und verehrungswür-
digsten Namen, den er kannte, von dem Namen Martin Luthers!
Eine dunkle Röte stieg in sein Antlitz empor; er durchlas es, indem
er den Helm abnahm, zweimal von Anfang bis zu Ende; wandte
sich, mit ungewissen Blicken, mitten unter die Knechte zurück, als
25 ob er etwas sagen wollte, und sagte nichts; löste das Blatt von der
Wand los, durchlas es noch einmal; und rief: Waldmann!, lass mir
mein Pferd satteln! sodann: Sternbald! folge mir ins Schloss! und
verschwand. Mehr als dieser wenigen Worte bedurfte es nicht, um
ihn, in der ganzen Verderblichkeit, in der er dastand, plötzlich zu
30 entwaffnen. Er warf sich in die Verkleidung eines thüringischen
Landpächters; sagte Sternbald, dass ein Geschäft, von bedeutender
Wichtigkeit, ihn nach Wittenberg zu reisen nötige; übergab ihm,
in Gegenwart einiger der vorzüglichsten Knechte, die Anführung
des in Lützen zurückbleibenden Haufens; und zog, unter der Versi-
35 cherung, dass er in drei Tagen, binnen welcher Zeit kein Angriff zu
fürchten sei, wieder zurück sein werde, nach Wittenberg ab.
Er kehrte, unter einem fremden Namen, in ein Wirtshaus ein, wo
er, sobald die Nacht angebrochen war, in seinem Mantel, und mit

ein Paar Pistolen versehen, die er in der Tronkenburg erbeutet hatte, zu Luthern ins Zimmer trat. Luther, der unter Schriften und Büchern an seinem Pulte saß, und den fremden, besonderen Mann die Tür öffnen und hinter sich verriegeln sah, fragte ihn: wer er sei? und was er wolle? Und der Mann, der seinen Hut ehrerbietig in der Hand hielt, hatte nicht sobald, mit dem schüchternen Vorgefühl des Schreckens, den er verursachen würde, erwidert: dass er Michael Kohlhaas, der Rosshändler sei; als Luther schon: weiche fern hinweg! ausrief, und indem er, vom Pult erstehend[52], nach einer Klingel eilte, hinzusetzte: dein Odem[53] ist die Pest und deine Nähe Verderben! Kohlhaas, indem er, ohne sich vom Platz zu regen, sein Pistol zog, sagte: Hochwürdiger Herr, dies Pistol, wenn Ihr die Klingel rührt, streckt mich leblos zu Euren Füßen nieder! Setzt Euch und hört mich an; unter den Engeln, deren Psalmen Ihr aufschreibt, seid Ihr nicht sicherer, als bei mir. Luther, indem er sich niedersetzte, fragte: was willst du? Kohlhaas erwiderte: Eure Meinung von mir, dass ich ein ungerechter Mann sei, widerlegen! Ihr habt mir in Eurem Plakat gesagt, dass meine Obrigkeit von meiner Sache nichts weiß: wohlan, verschafft mir freies Geleit, so gehe ich nach Dresden, und lege sie ihr vor. – »Heilloser und entsetzlicher Mann!« rief Luther, durch diese Worte verwirrt zugleich und beruhigt: »wer gab dir das Recht, den Junker von Tronka, in Verfolgung eigenmächtiger Rechtsschlüsse, zu überfallen, und da du ihn auf seiner Burg nicht fandst, mit Feuer und Schwert die ganze Gemeinschaft heimzusuchen, die ihn beschirmt?« Kohlhaas erwiderte: hochwürdiger Herr, niemand, fortan! Eine Nachricht, die ich aus Dresden erhielt, hat mich getäuscht, mich verführt! Der Krieg, den ich mit der Gemeinheit der Menschen führe, ist eine Missetat, sobald ich aus ihr nicht, wie Ihr mir die Versicherung gegeben habt, verstoßen war! Verstoßen! rief Luther, indem er ihn ansah. Welch eine Raserei der Gedanken ergriff dich? Wer hätte dich aus der Gemeinschaft des Staates, in welchem du lebtest, verstoßen? Ja, wo ist, solange Staaten bestehen, ein Fall, dass jemand, wer es auch sei, daraus verstoßen worden wäre? – Verstoßen, antwortete Kohlhaas, indem er die Hand zusammendrückte, nenne ich den, dem der Schutz der Gesetze versagt ist! Denn dieses Schutzes, zum Gedeihen meines fried-

---

52 aufstehend
53 Atem

lichen Gewerbes, bedarf ich; ja, er ist es, dessenhalb ich mich, mit
dem Kreis dessen, was ich erworben, in diese Gemeinschaft flüchte;
und wer mir ihn versagt, der stößt mich zu den Wilden der Einöde
hinaus; er gibt mir, wie wollt Ihr das leugnen, die Keule, die mich
5 selbst schützt, in die Hand. – Wer hat dir den Schutz der Gesetze
versagt? rief Luther. Schrieb ich dir nicht, dass die Klage, die du
eingereicht, dem Landesherrn, dem du sie eingereicht, fremd ist?
Wenn Staatsdiener hinter seinem Rücken Prozesse unterschlagen,
oder sonst seines geheiligten Namens, in seiner Unwissenheit,
10 spotten; wer anders als Gott darf ihn wegen der Wahl solcher Diener zur Rechenschaft ziehen, und bist du, gottverdammter und
entsetzlicher Mensch, befugt, ihn deshalb zu richten? – Wohlan,
versetzte Kohlhaas, wenn mich der Landesherr nicht verstößt, so
kehre ich auch wieder in die Gemeinschaft, die er beschirmt, zu-
15 rück. Verschafft mir, ich wiederhol es, freies Geleit nach Dresden:
so lasse ich den Haufen, den ich im Schloss zu Lützen versammelt,
auseinander gehen, und bringe die Klage, mit der ich abgewiesen
worden bin, noch einmal bei dem Tribunal des Landes vor. – Luther, mit einem verdrießlichen Gesicht, warf die Papiere, die auf
20 seinem Tisch lagen, übereinander, und schwieg. Die trotzige Stellung, die dieser seltsame Mensch im Staat einnahm, verdross ihn;
und den Rechtsschluss, den er, von Kohlhaasenbrück aus, an den
Junker erlassen, erwägend, fragte er: was er denn von dem Tribunal
zu Dresden verlange? Kohlhaas antwortete: Bestrafung des Junkers,
25 den Gesetzen gemäß; Wiederherstellung der Pferde in den vorigen
Stand; und Ersatz des Schadens, den ich sowohl, als mein bei Mühlberg gefallener Knecht Herse, durch die Gewalttat, die man an uns
verübte, erlitten. – Luther rief: Ersatz des Schadens! Summen zu
Tausenden, bei Juden und Christen, auf Wechseln und Pfändern,
30 hast du, zur Bestreitung deiner wilden Selbstrache, aufgenommen.
Wirst du den Wert auch, auf der Rechnung, wenn es zur Nachfrage
kommt, ansetzen? – Gott behüte! erwiderte Kohlhaas. Haus und
Hof, und den Wohlstand, den ich besessen, fordere ich nicht zurück; so wenig als die Kosten des Begräbnisses meiner Frau! Hersens
35 alte Mutter wird eine Berechnung der Heilkosten, und eine Spezifi-
kation dessen, was ihr Sohn in der Tronkenburg eingebüßt, bei-
bringen; und den Schaden, den ich wegen Nichtverkaufs der Rappen erlitten, mag die Regierung durch einen Sachverständigen

abschätzen lassen. – Luther sagte: rasender, unbegreiflicher und
entsetzlicher Mensch! und sah ihn an. Nachdem dein Schwert sich,
an dem Junker, Rache, die grimmigste, genommen, die sich erden-
ken lässt: was treibt dich, auf ein Erkenntnis gegen ihn zu bestehen,
dessen Schärfe, wenn es zuletzt fällt, ihn mit einem Gewicht von 5
so geringer Erheblichkeit nur trifft? – Kohlhaas erwiderte, indem
ihm eine Träne über die Wange rollte: hochwürdiger Herr! es hat
mich meine Frau gekostet; Kohlhaas will der Welt zeigen, dass sie
in keinem ungerechten Handel umgekommen ist. Fügt Euch in
diesen Stücken meinem Willen, und lasst den Gerichtshof spre- 10
chen; in allem anderen, was sonst noch streitig sein mag, füge ich
mich Euch. – Luther sagte: schau her, was du forderst, wenn anders
die Umstände so sind, wie die öffentliche Stimme hören lässt, ist
gerecht; und hättest du den Streit, bevor du eigenmächtig zur
Selbstrache geschritten, zu des Landesherrn Entscheidung zu brin- 15
gen gewusst, so wäre dir eine Forderung, zweifle ich nicht, Punkt
vor Punkt bewilligt worden. Doch hättest du nicht, alles wohl er-
wogen, besser getan, du hättest um deines Erlösers willen, dem Junker vergeben, die Rappen, dürre und abgehärmt, wie sie waren, bei
der Hand genommen, dich aufgesetzt, und zur Dickfütterung in 20
deinen Stall nach Kohlhaasenbrück heimgeritten? – Kohlhaas antwortete: kann sein! indem er ans Fenster trat: kann sein, auch
nicht! Hätte ich gewusst, dass ich sie mit Blut aus dem Herzen meiner lieben Frau würde auf die Beine bringen müssen: kann sein, ich
hätte getan, wie Ihr gesagt, hochwürdiger Herr, und einen Scheffel 25
Hafer nicht gescheut! Doch, weil sie mir einmal so teuer zu stehen
gekommen sind, so habe es denn, meine ich, seinen Lauf: lasst das
Erkenntnis[54], wie es mir zukömmt, sprechen, und den Junker mir
die Rappen auffüttern. – – Luther sagte, indem er, unter mancherlei
Gedanken, wieder zu seinen Papieren griff: er wolle mit dem Kur- 30
fürsten seinethalben in Unterhandlung treten. Inzwischen möchte
er sich, auf dem Schlosse zu Lützen, still halten; wenn der Herr ihm
freies Geleit bewillige, so werde man es ihm auf dem Wege öffent-
licher Anplackung bekannt machen. – Zwar, fuhr er fort, da Kohlhaas sich herabbog, um seine Hand zu küssen: ob der Kurfürst 35
Gnade für Recht ergehen lassen wird, weiß ich nicht; denn einen
Heerhaufen, vernehm ich, zog er zusammen, und steht im Begriff,

---

54 Urteil, Einsicht

dich im Schlosse zu Lützen aufzuheben[55]: inzwischen, wie ich dir schon gesagt habe, an meinem Bemühen soll es nicht liegen. Und damit stand er auf, und machte Anstalt, ihn zu entlassen. Kohlhaas meinte, dass seine Fürsprache ihn über diesen Punkt völlig beruhi-
5 ge; worauf Luther ihn mit der Hand grüßte, jener aber plötzlich ein Knie vor ihm senkte und sprach: er habe noch eine Bitte auf seinem Herzen. Zu Pfingsten nämlich, wo er an den Tisch des Herrn zu gehen pflege, habe er die Kirche, dieser seiner kriegerischen Unternehmungen wegen, versäumt; ob er die Gewogenheit haben wolle,
10 ohne weitere Vorbereitung, seine Beichte zu empfangen, und ihm, zur Auswechselung dagegen, die Wohltat des heiligen Sakraments zu erteilen? Luther, nach einer kurzen Besinnung, indem er ihn scharf ansah, sagte: ja, Kohlhaas, das will ich tun! Der Herr aber, dessen Leib du begehrst, vergab seinem Feind. – Willst du, setzte er,
15 da jener ihn betreten ansah, hinzu, dem Junker, der dich beleidigt hat, gleichfalls vergeben: nach der Tronkenburg gehen, dich auf deine Rappen setzen, und sie zur Dickfütterung nach Kohlhaasenbrück heimreiten? – »Hochwürdiger Herr«, sagte Kohlhaas errötend, indem er seine Hand ergriff, – nun? – »der Herr auch vergab
20 allen seinen Feinden nicht. Lasst mich den Kurfürsten, meinen beiden Herren, dem Schlossvogt und Verwalter, den Herren Hinz und Kunz, und wer mich sonst in dieser Sache gekränkt haben mag, vergeben: den Junker aber, wenn es sein kann, nötigen, dass er mir die Rappen wieder dick füttere.« – Bei diesen Worten kehrte ihm
25 Luther, mit einem missvergnügten Blick, den Rücken zu, und zog die Klingel. Kohlhaas, während, dadurch herbeigerufen, ein Famulus[56] sich mit Licht in dem Vorsaal meldete, stand betreten, indem er sich die Augen trocknete, vom Boden auf; und da der Famulus vergebens, weil der Riegel vorgeschoben war, an der Tür wirkte,
30 Luther aber sich wieder zu seinen Papieren niedergesetzt hatte: so machte Kohlhaas dem Mann die Türe auf. Luther, mit einem kurzen, auf den fremden Mann gerichteten Seitenblick, sagte dem Famulus: leuchte! worauf dieser, über den Besuch, den er erblickte, ein wenig befremdet, den Hausschlüssel von der Wand nahm, und
35 sich, auf die Entfernung desselben wartend, unter die halb offene Tür des Zimmers zurückbegab. – Kohlhaas sprach, indem er seinen

55 zu verhaften
56 Diener

Hut bewegt zwischen beide Hände nahm: und so kann ich, hochwürdiger Herr, der Wohltat versöhnt zu werden, die ich mir von
Euch erbat, nicht teilhaftig werden? Luther antwortete kurz: deinem Heiland, nein; dem Landesherrn – das bleibt einem Versuch,
wie ich dir versprach, vorbehalten. Und damit winkte er dem Fa- 5
mulus, das Geschäft, das er ihm aufgetragen, ohne weiteren Auf-
schub, abzumachen. Kohlhaas legte, mit dem Ausdruck schmerzli-
cher Empfindung, seine beiden Hände auf die Brust; folgte dem
Mann, der ihm die Treppe hinunter leuchtete, und verschwand.
Am anderen Morgen erließ Luther ein Sendschreiben an den Kur- 10
fürsten von Sachsen, worin er, nach einem bitteren Seitenblick auf
die seine Person umgebenden Herren Hinz und Kunz, Kämmerer
und Mundschenk von Tronka, welche die Klage, wie allgemein
bekannt war, untergeschlagen hatten, dem Herrn, mit der Freimü-
tigkeit, die ihm eigen war, eröffnete, dass bei so ärgerlichen Um- 15
ständen, nichts anderes zu tun übrig sei, als den Vorschlag des
Rosshändlers anzunehmen, und ihm des Vorgefallenen wegen, zur
Erneuerung seines Prozesses, Amnestie[57] zu erteilen. Die öffentliche Meinung, bemerkte er, sei auf eine höchst gefährliche Weise,
auf dieses Mannes Seite, dergestalt, dass selbst in dem dreimal von 20
ihm eingeäscherten Wittenberg, eine Stimme zu seinem Vorteil
spreche; und da er sein Anerbieten, falls er damit abgewiesen werden sollte, unfehlbar, unter gehässigen Bemerkungen, zur Wissenschaft des Volkes bringen würde, so könne dasselbe leicht in dem
Grade verführt werden, dass mit der Staatsgewalt gar nichts mehr 25
gegen ihn auszurichten sei. Er schloss, dass man, in diesem außer-
ordentlichen Fall, über die Bedenklichkeit, mit einem Staatsbür-
ger, der die Waffen ergriffen, in Unterhandlung zu treten, hinweg-
gehen müsse; dass derselbe in der Tat durch das Verfahren, das
man gegen ihn beobachtet, auf gewisse Weise außer der Staatsver- 30
bindung gesetzt worden sei; und kurz, dass man ihn, um aus dem
Handel zu kommen, mehr als eine fremde, in das Land gefallene
Macht, wozu er sich auch, da er ein Ausländer sei, gewissermaßen
qualifiziere, als einen Rebellen, der sich gegen den Thron auflehn-
ne, betrachten müsse. – Der Kurfürst erhielt diesen Brief eben, als 35
der Prinz Christiern von Meißen, Generalissimus des Reichs,
Oheim des bei Mühlberg geschlagenen und an seinen Wunden

---

57 Begnadigung, Straffreiheit

noch daniederliegenden Prinzen Friedrich von Meißen; der Großkanzler des Tribunals, Graf Wrede; Graf Kallheim, Präsident der
Staatskanzlei; und die beiden Herren Hinz und Kunz von Tronka,
dieser Kämmerer, jener Mundschenk, die Jugendfreunde und Vertrauten des Herrn, in dem Schlosse gegenwärtig waren. Der Kämmerer, Herr Kunz, der, in der Qualität eines Geheimen Rats, des
Herrn geheime Korrespondenz, mit der Befugnis, sich seines Namens und Wappens zu bedienen, besorgte, nahm zuerst das Wort,
und nachdem er noch einmal weitläufig auseinander gelegt hatte,
dass er die Klage, die der Rosshändler gegen den Junker, einen Vetter, bei dem Tribunal eingereicht, nimmermehr durch eine eigen-
mächtige Verfügung niedergeschlagen haben würde, wenn er sie
nicht, durch falsche Angaben verführt, für eine völlig grundlose
und nichtsnutzige Plackerei gehalten hätte, kam er auf die gegen-
wärtige Lage der Dinge. Er bemerkte, dass, weder nach göttlichen
noch menschlichen Gesetzen, der Rosskamm, um dieses Missgriffs
willen, befugt gewesen wäre, eine so ungeheure Selbstrache, als er
sich erlaubt, auszuüben; schilderte den Glanz, der durch eine Verhandlung mit demselben, als einer rechtlichen Kriegsgewalt, auf
sein gottverdammtes Haupt falle; und die Schmach, die dadurch
auf die geheiligte Person des Kurfürsten zurückspringe, schien ihm
so unerträglich, dass er im Feuer der Beredsamkeit, lieber das Äußerste erleben, den Rechtsschluss des rasenden Rebellen erfüllt,
und den Junker, seinen Vetter, zur Dickfütterung der Rappen nach
Kohlhaasenbrück abgeführt sehen, als den Vorschlag, den der
Doktor Luther gemacht, angenommen wissen wollte. Der Großkanzler des Tribunals, Graf Wrede, äußerte, halb zu ihm gewandt,
sein Bedauern, dass eine so zarte Sorgfalt, als er, bei der Auflösung
dieser allerdings misslichen Sache, für den Ruhm des Herrn zeige,
ihn nicht, bei der ersten Veranlassung derselben, erfüllt hätte. Er
stellte dem Kurfürsten sein Bedenken vor, die Staatsgewalt, zur
Durchsetzung einer offenbar unrechtlichen Maßregel, in Anspruch
zu nehmen; bemerkte, mit einem bedeutenden Blick auf den Zulauf, den der Rosshändler fortdauernd im Lande fand, dass der
Faden der Freveltaten sich auf diese Weise ins Unendliche fortzu-
spinnen drohe, und erklärte, dass nur ein schlichtes Rechttun,
indem man unmittelbar und rücksichtslos den Fehltritt, den man
sich zu Schulden kommen lassen, wiedergutmachte, ihn abreißen

und die Regierung glücklich aus diesem hässlichen Handel herausziehen könne. Der Prinz Christiern von Meißen, auf die Frage des Herrn, was er davon halte? äußerte, mit Verehrung gegen den Großkanzler gewandt: die Denkungsart, die er an den Tag lege, erfülle ihn zwar mit dem größesten Respekt; indem er aber dem Kohlhaas zu seinem Recht verhelfen wolle, bedenke er nicht, dass er Wittenberg und Leipzig, und das ganze durch ihn misshandelte Land, in seinem gerechten Anspruch auf Schadenersatz, oder wenigstens Bestrafung, beeinträchtige. Die Ordnung des Staats sei, in Beziehung auf diesen Mann, so verrückt, dass man sie schwerlich durch einen Grundsatz, aus der Wissenschaft des Rechts entlehnt, werde einrenken können. Daher stimme er, nach der Meinung des Kämmerers, dafür, das Mittel, das für solche Fälle eingesetzt sei, ins Spiel zu ziehen: einen Kriegshaufen, von hinreichender Größe zusammenzuraffen, und den Rosshändler, der in Lützen aufgepflanzt sei, damit aufzuheben oder zu erdrücken. Der Kämmerer, indem er für ihn und den Kurfürsten Stühle von der Wand nahm, und auf eine verbindliche Weise ins Zimmer setzte, sagte: er freue sich, dass ein Mann von seiner Rechtschaffenheit und Einsicht mit ihm in dem Mittel, diese Sache zweideutiger Art beizulegen, übereinstimme. Der Prinz, indem er den Stuhl, ohne sich zu setzen, in der Hand hielt, und ihn ansah, versicherte ihn: dass er gar nicht Ursache hätte sich deshalb zu freuen, indem die damit verbundene Maßregel notwendig die wäre, einen Verhaftungsbefehl vorher gegen ihn zu erlassen und wegen Missbrauchs des landesherrlichen Namens den Prozess zu machen. Denn wenn Notwendigkeit erfordere, den Schleier vor dem Thron der Gerechtigkeit niederzulassen, über eine Reihe von Freveltaten, die unabsehbar wie sie sich forterzeugt, vor den Schranken desselben zu erscheinen, nicht mehr Raum fänden, so gelte das nicht von der ersten, die sie veranlasst; und allererst seine Anklage auf Leben und Tod könne den Staat zur Zermalmung des Rosshändlers bevollmächtigen, dessen Sache, wie bekannt, sehr gerecht sei, und dem man das Schwert, das er führe, selbst in die Hand gegeben. Der Kurfürst, den der Junker bei diesen Worten betroffen ansah, wandte sich, indem er über das ganze Gesicht rot ward, und trat ans Fenster. Der Graf Kallheim, nach einer verlegenen Pause von allen Seiten, sagte, dass man auf diese Weise aus dem Zauberkreise, in dem man befangen, nicht herauskäme. Mit demselben Rechte könne seinem Neffen, dem Prinzen Friedrich, der Prozess gemacht werden; denn auch er hätte, auf dem Streifzug sonderbarer Art, den er gegen den Kohlhaas unternommen, seine Instruktion auf mancherlei Weise überschritten: dergestalt, dass wenn man nach der weitläufigen Schar derjeniger frage, die die Verlegenheit, in welcher man sich befinde, veranlasst, er gleichfalls unter die Zahl derselben würde benannt, und von dem Landesherrn wegen dessen was bei Mühlberg vorgefallen, zur Rechenschaft gezogen werden müssen. Der Mundschenk, Herr Hinz von Tronka, während der Kurfürst mit ungewissen Blicken an seinen Tisch trat, nahm das Wort und sagte: er begriffe nicht, wie der Staatsbeschluss, der zu fassen sei, Männern von solcher Weisheit, als hier versammelt wären, entgehen könne. Der Rosshändler habe, seines Wissens, gegen bloß freies Geleit nach Dresden, und erneuerte Untersuchung seiner Sache, versprochen, den Haufen, mit dem er in das Land gefallen, auseinander gehen zu lassen. Daraus aber folge nicht, dass man ihm, wegen dieser frevelhaften Selbstrache, Amnestie erteilen müsse: zwei Rechtsbegriffe, die der Doktor Luther sowohl, als auch der Staatsrat zu verwechseln scheine. Wenn, fuhr er fort, indem er den Finger an die Nase legte, bei dem Tribunal zu Dresden, gleichviel wie, das Erkenntnis der Rappen wegen gefallen ist; so hindert nichts, den Kohlhaas auf den Grund seiner Mordbrennereien und Räubereien einzustecken: eine staatskluge Wendung, die die Vorteile der Ansichten beider Staatsmänner vereinigt, und des Beifalls der Welt und Nachwelt gewiss ist. – Der Kurfürst, da der Prinz sowohl als der Großkanzler dem Mundschenk, Herrn Hinz, auf diese Rede mit einem bloßen Blick antworteten, und die Verhandlungen mithin geschlossen schien, sagte: dass er die verschiedenen Meinungen, die sie ihm vorgetragen, bis zur nächsten Sitzung des Staatsrats bei sich selbst überlegen würde. – Es schien, die Präliminar-Maßregel[58], deren der Prinz gedacht, hatte seinem für Freundschaft sehr empfänglichen Herzen die Lust benommen, den Heereszug gegen den Kohlhaas, zu welchem schon alles vorbereitet war, auszuführen. Wenigstens behielt er den Großkanzler, Graf Wrede, dessen Meinung ihm die zweckmäßigste schien, bei sich zurück; und da dieser ihm Briefe vorzeigte, aus welchem hervorging, dass der Rosshänd-

---

58 Maßregel für eine Vorverhandlung

ler in der Tat schon zu einer Stärke von vierhundert Mann herangewachsen sei; ja, bei der allgemeinen Unzufriedenheit, die wegen
der Unziemlichkeiten des Kämmerers im Lande herrschte, in kurzem auf eine doppelte und dreifache Stärke rechnen könne: so entschloss sich der Kurfürst, ohne weiteren Anstand, den Rat, den ihm
der Doktor Luther erteilt, anzunehmen. Dem gemäß übergab er
dem Grafen Wrede die ganze Leitung der Kohlhaasischen Sache;
und schon nach wenigen Tagen erschien ein Plakat, das wir, dem
Hauptinhalt nach, folgendermaßen mitteilen:

»Wir etc. etc. Kurfürst von Sachsen, erteilen, in besonders gnädiger
Rücksicht auf die an Uns ergangene Fürsprache des Doktors Martin Luther, dem Michael Kohlhaas, Rosshändler aus dem Brandenburgischen, unter der Bedingung, binnen drei Tagen nach Sicht
die Waffen, die er ergriffen, niederzulegen, behufs einer erneuten
Untersuchung seiner Sache, freies Geleit nach Dresden; dergestalt
zwar, dass, wenn derselbe, wie nicht zu erwarten, bei dem Tribunal zu Dresden mit seiner Klage, der Rappen wegen, abgewiesen
werden sollte, gegen ihn, seines eigenmächtigen Unternehmens
wegen, sich selbst Recht zu verschaffen, mit der ganzen Strenge
des Gesetzes verfahren werden solle; im entgegengesetzten Fall
aber, ihm mit seinem ganzen Haufen, Gnade für Recht bewilligt,
und völlige Amnestie, seiner in Sachsen ausgeübten Gewalttätigkeiten wegen, zugestanden sein solle.«

Kohlhaas hatte nicht so bald, durch den Doktor Luther, ein Exem-
plar dieses in allen Plätzen des Landes angeschlagenen Plakats erhalten, als er, so bedingungsweise auch die darin geführte Sprache war,
seinen ganzen Haufen schon, mit Geschenken, Danksagungen und
zweckmäßigen Ermahnungen auseinander gehen ließ. Er legte alles,
was er an Geld, Waffen und Gerätschaft erbeutet haben mochte, bei
den Gerichten zu Lützen, als kurfürstliches Eigentum, nieder; und
nachdem er den Waldmann mit Briefen, wegen Wiederkaufs seiner
Meierei, wenn es möglich sei, an den Amtmann nach Kohlhaasenbrück, und den Sternbald zur Abholung seiner Kinder, die er wieder
bei sich zu haben wünschte, nach Schwerin geschickt hatte, verließ
er das Schloss zu Lützen, und ging, unerkannt, mit dem Rest seines
kleinen Vermögens, das er in Papieren bei sich trug, nach Dresden.

Der Tag brach eben an, und die ganze Stadt schlief noch, als er an die Tür der kleinen, in der Pirnaischen Vorstadt gelegenen Besitzung, die ihm durch die Rechtschaffenheit des Amtmanns übrig geblieben war, anklopfte, und Thomas, dem alten, die Wirtschaft
5 führenden Hausmann, der ihm mit Erstaunen und Bestürzung aufmachte, sagte: er möchte dem Prinzen von Meißen auf dem Gubernium[59] melden, dass er, Kohlhaas der Rosshändler, da wäre. Der Prinz von Meißen, der auf diese Meldung für zweckmäßig hielt, augenblicklich sich selbst von dem Verhältnis, in welchem man
10 mit diesem Mann stand, zu unterrichten, fand, als er mit einem Gefolge von Rittern und Trossknechten bald darauf erschien, in den Straßen, die zu Kohlhaasens Wohnung führten, schon eine unermessliche Menschenmenge versammelt. Die Nachricht, dass der Würgeengel da sei, der die Volksbedrücker mit Feuer und
15 Schwert verfolgte, hatte ganz Dresden, Stadt und Vorstadt, auf die Beine gebracht; man musste die Haustür vor dem Andrang des neugierigen Haufens verriegeln, und die Jungen kletterten an den Fenstern heran, um den Mordbrenner, der darin frühstückte, in Augenschein zu nehmen. Sobald der Prinz, mit Hülfe der ihm
20 Platz machenden Wache, ins Haus gedrungen, und in Kohlhaasens Zimmer getreten war, fragte er diesen, welcher halb entkleidet an einem Tische stand: ob er Kohlhaas, der Rosshändler, wäre? worauf Kohlhaas, indem er eine Brieftasche mit mehreren über sein Verhältnis lautenden Papieren aus seinem Gurt nahm, und
25 ihm ehrerbietig überreichte, antwortete: ja! und hinzusetzte: er finde sich nach Auflösung seines Kriegshaufens, der ihm erteilten landesherrlichen Freiheit gemäß, in Dresden ein, um seine Klage, der Rappen wegen, gegen den Junker Wenzel von Tronka vor Gericht zu bringen. Der Prinz, nach einem flüchtigen Blick, womit er
30 ihn von Kopf zu Fuß überschaute, durchlief die in der Brieftasche befindlichen Papiere; ließ sich von ihm erklären, was es mit einem von dem Gericht zu Lützen ausgestellten Schein, den er darin fand, über die zu Gunsten des kurfürstlichen Schatzes gemachte Deposition[60] für eine Bewandtnis habe; und nachdem er die Art
35 des Mannes noch, durch Fragen mancherlei Gattung, nach seinen Kindern, seinem Vermögen und der Lebensart die er künftig zu

---

59 Regierungsbehörde
60 Hinterlegung von Wertgegenständen

führen denke, geprüft, und überall so, dass man wohl seinetwegen ruhig sein konnte, befunden hatte, gab er ihm die Briefschaften wieder, und sagte: dass seinem Prozess nichts im Wege stünde, und dass er sich nur unmittelbar, um ihn einzuleiten, an den Großkanzler des Tribunals, Grafen Wrede, selbst wenden möchte. Inzwischen, sagte der Prinz, nach einer Pause, indem er ans Fenster trat, und mit großen Augen das Volk, das vor dem Haus versammelt war, überschaute: du wirst auf die ersten Tage eine Wache annehmen müssen, die dich, in deinem Hause sowohl, als wenn du ausgehst, schütze! – – Kohlhaas sah betroffen vor sich nieder, und schwieg. Der Prinz sagte: »gleichviel!« indem er das Fenster wieder verließ. »Was daraus entsteht, du hast es dir selbst beizumessen«; und damit wandte er sich wieder nach der Tür, in der Absicht, das Haus zu verlassen. Kohlhaas, der sich besonnen hatte, sprach: Gnädigster Herr!, tut, was ihr wollt! Gebt mir Euer Wort, die Wache, sobald ich es wünsche, wieder aufzuheben: so habe ich gegen diese Maßregel nichts einzuwenden! Der Prinz erwiderte: das bedürfe der Rede nicht; und nachdem er drei Landsknechten, die man ihm zu diesem Zweck vorstellte, bedeutet hatte: dass der Mann, in dessen Hause sie zurückblieben, frei wäre, und dass sie ihm bloß zu seinem Schutz, wenn er ausging, folgen sollten, grüßte er den Rosshändler mit einer herablassenden Bewegung der Hand, und entfernte sich.

Gegen Mittag begab sich Kohlhaas, von seinen drei Landsknechten begleitet, unter dem Gefolge einer unabsehbaren Menge, die ihm aber auf keine Weise, weil sie durch die Polizei gewarnt war, etwas zu Leide tat, zu dem Großkanzler des Tribunals, Graf Wrede. Der Großkanzler, der ihn mit Milde und Freundlichkeit in seinem Vorgemach empfing, unterhielt sich während zwei ganzer Stunden mit ihm, und nachdem er sich den ganzen Verlauf der Sache, von Anfang bis zu Ende, hatte erzählen lassen, wies er ihn, zur unmittelbaren Abfassung und Einreichung der Klage, an einen, bei dem Gericht angestellten, berühmten Advokaten der Stadt. Kohlhaas, ohne weiteren Verzug, verfügte sich in dessen Wohnung; und nachdem die Klage, ganz der ersten niedergeschlagenen gemäß, auf Bestrafung des Junkers nach den Gesetzen, Wiederherstellung der Pferde in den vorigen Stand, und Ersatz *seines* Schadens sowohl, als auch dessen, den sein bei Mühlberg gefallener Knecht

Herse erlitten hatte, zu Gunsten der alten Mutter desselben, aufgesetzt war, begab er sich wieder, unter Begleitung des ihn immer noch angaffenden Volks, nach Hause zurück, wohl entschlossen, es anders nicht, als nur wenn notwendige Geschäfte ihn riefen, zu verlassen.

Inzwischen war auch der Junker seiner Haft in Wittenberg entlassen, und nach Herstellung von einer gefährlichen Rose[61], die seinen Fuß entzündet hatte, von dem Landgericht unter peremtorischen[62] Bedingungen aufgefordert worden, sich zur Verantwortung auf die von dem Rosshändler Kohlhaas gegen ihn eingereichten Klage, wegen widerrechtlich abgenommener und zugrunde gerichteter Rappen, in Dresden zu stellen. Die Gebrüder Kämmerer und Mundschenk von Tronka, Lehnsvettern des Junkers, in deren Hause er abtrat, empfingen ihn mit der größesten Erbitterung und Verachtung; sie nannten ihn einen Elenden und Nichtswürdigen, der Schande und Schmach über die ganze Familie bringe, kündigten ihm an, dass er seinen Prozess nunmehr unfehlbar verlieren würde, und forderten ihn auf, nur gleich zur Herbeischaffung der Rappen, zu deren Dickfütterung er, zum Hohngelächter der Welt, verdammt werden werde, Anstalt zu machen. Der Junker sagte, mit schwacher, zitternder Stimme: er sei der bejammernswürdigste Mensch von der Welt. Er verschwor sich, dass er von dem ganzen verwünschten Handel, der ihn ins Unglück stürze, nur wenig gewusst, und dass der Schlossvogt und der Verwalter an allem Schuld wären, indem sie die Pferde, ohne sein entferntestes Wissen und Wollen, bei der Ernte gebraucht, und durch unmäßige Anstrengungen, zum Teil auf ihren eigenen Feldern, zugrunde gerichtet hätten. Er setzte sich, indem er dies sagte, und bat ihn nicht durch Kränkungen und Beleidigungen in das Übel, von dem er nur soeben erst erstanden sei, mutwillig zurückzustürzen. Am andern Tage schrieben die Herren Hinz und Kunz, die in der Gegend der eingeäscherten Tronkenburg Güter besaßen, auf Ansuchen des Junkers, ihres Vetters, weil doch nichts anders übrig blieb, an ihre dort befindlichen Verwalter und Pächter, um Nachricht über die an jenem unglücklichen Tage abhanden gekommenen und seitdem gänzlich verschollenen Rappen einzuziehn. Aber alles, was

---

61 Hauterkrankung, so genannte Gürtelrose
62 endgültig, unwiderruflich

sie bei der gänzlichen Verwüstung des Platzes, und der Niedermetzelung fast aller Einwohner, erfahren konnten, war, dass ein Knecht sie, von den flachen Hieben des Mordbrenners getrieben, aus dem brennenden Schuppen, in welchem sie standen, gerettet, nachher aber auf die Frage, wo er sie hinführen, und was er damit anfangen solle, von dem grimmigen Wüterich einen Fußtritt zur Antwort erhalten habe. Die alte, von der Gicht geplagte Haushälterin des Junkers, die sich nach Meißen geflüchtet hatte, versicherte, demselben, auf eine schriftliche Anfrage, dass der Knecht sich, am Morgen jener entsetzlichen Nacht, mit den Pferden nach der brandenburgischen Grenze gewandt habe; doch alle Nachfragen, die man daselbst anstellte, waren vergeblich, und es schien dieser Nachricht ein Irrtum zum Grunde zu liegen, indem der Junker keinen Knecht hatte, der im Brandenburgischen, oder auch nur auf der Straße dorthin, zu Hause war. Männer aus Dresden, die wenige Tage nach dem Brande der Tronkenburg in Wilsdruf gewesen waren, sagten aus, dass um die benannte Zeit ein Knecht mit zwei an den Halftern gehenden Pferden dort angekommen, und die Tiere, weil sie sehr elend gewesen wären, und nicht weiter fort gekonnt hätten, im Kuhstall eines Schäfers, der sie wieder hätte aufbringen wollen, stehen gelassen hätte. Es schien mancherlei Gründe wegen sehr wahrscheinlich, dass dies die in Untersuchung stehenden Rappen waren; aber der Schäfer aus Wilsdruf hatte sie, wie Leute, die dorther kamen, versicherten, schon wieder, man wusste nicht an wen, verhandelt; und ein drittes Gerücht, dessen Urheber unentdeckt blieb, sagte gar aus, dass die Pferde bereits in Gott verschieden, und in der Knochengrube zu Wilsdruf begraben wären. Die Herren Hinz und Kunz, denen diese Wendung der Dinge, wie man leicht begreift, die erwünschteste war, indem sie dadurch, bei des Junkers ihres Vetters Ermangelung eigener Ställe, der Notwendigkeit, die Rappen in den ihrigen aufzufüttern, überhoben[63] waren, wünschten gleichwohl, völliger Sicherheit wegen, diesen Umstand zu bewahrheiten. Herr Wenzel von Tronka erließ demnach, als Erb-, Lehns- und Gerichtsherr, ein Schreiben an die Gerichte zu Wilsdruf, worin er dieselben, nach einer weitläufigen Beschreibung der Rappen, die, wie er sagte, ihm anvertraut und durch einen Unfall abhanden gekommen wären, dienstfreund-

---

63 enthoben, frei sein

lichst ersuchte, den dermaligen Aufenthalt derselben zu erforschen, und den Eigner, wer er auch sei, aufzufordern und anzuhalten, sie, gegen reichliche Wiedererstattung aller Kosten, in den Ställen des Kämmerers, Herrn Kunz, zu Dresden abzuliefern. Dem
5 gemäß erschien auch wirklich, wenige Tage darauf, der Mann, an den sie der Schäfer aus Wilsdruf verhandelt hatte, und führte sie, dürr und wankend, an die Runge[64] seines Karrens gebunden, auf den Markt der Stadt; das Unglück aber Herrn Wenzels, und noch mehr des ehrlichen Kohlhaas wollte, dass es der Abdecker aus Döb
10 beln war.

Sobald Herr Wenzel, in Gegenwart des Kämmerers, seines Vetters, durch ein unbestimmtes Gerücht vernommen hatte, dass ein Mann mit zwei schwarzen aus dem Brande der Tronkenburg entkommenen Pferde in der Stadt angelangt sei, begaben sich beide,
15 in Begleitung einiger aus dem Hause zusammengerafften Knechte, auf den Schlossplatz, wo er stand, um sie demselben, falls es die dem Kohlhaas zugehörigen wären, gegen Erstattung der Kosten abzunehmen, und nach Hause zu führen. Aber wie betreten waren die Ritter, als sie bereits einen, von Augenblick zu Augenblick sich
20 vergrößernden Haufen von Menschen, den das Schauspiel herbeigezogen, um den zweirädrigen Karren, an dem die Tiere befestigt waren, erblickten; unter unendlichem Gelächter einander zurufend, dass die Pferde schon, um derenthalben der Staat wanke, an den Schinder gekommen wären! Der Junker, der um den Karren
25 herumgegangen war, und die jämmerlichen Tiere, die alle Augenblicke sterben zu wollen schienen, betrachtet hatte, sagte verlegen: das wären die Pferde nicht, die er dem Kohlhaas abgenommen; doch Herr Kunz, der Kämmerer, einen Blick sprachlosen Grimms voll auf ihn werfend, der, wenn er von Eisen gewesen
30 wäre, ihn zerschmettert hätte, trat, indem er seinen Mantel, Orden und Kette entblößend, zurückschlug, zu dem Abdecker heran, und fragte ihn: ob das die Rappen wären, die der Schäfer von Wilsdruf an sich gebracht, und der Junker Wenzel von Tronka, dem sie gehörten, bei den Gerichten daselbst requiriert[65] hätte? Der Abde
35 cker, der, einen Eimer Wasser in der Hand, beschäftigt war, einen dicken, wohlbeleibten Gaul, der seinen Karren zog, zu tränken,

---

64 Wagenpfosten
65 beschlagnahmt

sagte: »die Schwarzen?« – Er streifte dem Gaul, nachdem er den
Eimer niedergesetzt, das Gebiss aus dem Maul, und sagte: »die
Rappen, die an die Runge gebunden wären, hätte ihm der
Schweinehirte von Hainichen verkauft. Wo der sie her hätte, und
ob sie von dem Wilsdrufer Schäfer kämen, das wisse er nicht. Ihm   5
hätte«, sprach er, während er den Eimer wieder aufnahm, und zwischen Deichsel und Knie anstemmte: »ihm hätte der Gerichtsbote
aus Wilsdruf gesagt, dass er sie nach Dresden in das Haus derer von
Tronka bringen solle; aber der Junker, an den er gewiesen sei, heiße
Kunz.« Bei diesen Worten wandte er sich mit dem Rest des Was-   10
sers, den der Gaul im Eimer übrig gelassen hatte, und schüttete
ihn auf das Pflaster der Straße aus. Der Kämmerer, der, von den
Blicken der hohnlachenden Menge umstellt, den Kerl, der mit
empfindungslosem Eifer seine Geschäfte betrieb, nicht bewegen
konnte, dass er ihn ansah, sagte: dass er der Kämmerer, Kunz von   15
Tronka, wäre: die Rappen aber, die er an sich bringen solle, müssten dem Junker, seinem Vetter, gehören; von einem Knecht, der
bei Gelegenheit des Brandes aus der Tronkenburg entwichen, an
den Schäfer zu Wilsdruf gekommen, und ursprünglich zwei dem
Rosshändler Kohlhaas zugehörige Pferde sein! Er fragte den Kerl,   20
der mit gespreizten Beinen dastand, und sich die Hosen in die
Höhe zog: ob er davon nichts wisse? Und ob sie der Schweinehirte
von Hainichen nicht vielleicht, auf welchen Umstand alles an-
komme, von dem Wilsdrufer Schäfer, oder von einem Dritten, der
sie seinerseits von demselben gekauft, erstanden hätte? – Der Ab-   25
decker, der sich an den Wagen gestellt und sein Wasser abgeschla-
gen hatte, sagte: »er wäre mit den Rappen nach Dresden bestellt,
um in dem Hause derer von Tronka sein Geld dafür zu empfangen.
Was er da vorbrächte, verstände er nicht; und ob sie, vor dem
Schweinehirten aus Hainichen, Peter oder Paul besessen hätte,   30
oder der Schäfer aus Wilsdruf, gelte ihm, da sie nicht gestohlen
wären, gleich.« Und damit ging er, die Peitsche quer über seinen
breiten Rücken, nach einer Kneipe, die auf dem Platze lag, in der
Absicht, hungrig wie er war, ein Frühstück einzunehmen. Der
Kämmerer, der auf der Welt Gottes nicht wusste, was er mit Pfer-   35
den, die der Schweinehirte von Hainichen an den Schinder in
Döbbeln verkauft, machen solle, falls es nicht diejenigen wären,
auf welchen der Teufel nach Sachsen ritt, forderte den Junker auf,

ein Wort zu sprechen; doch da dieser mit bleichen, bebenden Lippen erwiderte: das Ratsamste wäre, dass man die Rappen kaufe, sie möchten dem Kohlhaas gehören oder nicht: so trat der Kämmerer, Vater und Mutter, die ihn geboren, verfluchend, indem er sich den Mantel zurückschlug, gänzlich unwissend, was er zu tun oder zu lassen habe, aus dem Haufen des Volkes zurück. Er rief den Freiherrn von Wenk, einen Bekannten, der über die Straße ritt, zu sich heran, und trotzig, den Platz nicht zu verlassen, eben weil das Gesindel höhnisch auf ihn einblickte, und, mit vor dem Mund zusammengedrückten Schnupftüchern, nur auf seine Entfernung zu warten schien, um loszuplatzen, bat er ihn, bei dem Großkanzler, Grafen Wrede, abzusteigen, und durch dessen Vermittlung den Kohlhaas zur Besichtigung der Rappen herbeizuschaffen. Es traf sich, dass Kohlhaas eben, durch einen Gerichtsboten herbeigerufen, in dem Gemach des Großkanzlers, gewisser, die Deposition in Lützen betreffender Erläuterungen wegen, die man von ihm bedurfte, gegenwärtig war, als der Freiherr, in der eben erwähnten Absicht, zu ihm ins Zimmer trat; und während der Großkanzler sich mit einem verdrießlichen Gesicht vom Sessel erhob, und den Rosshändler, dessen Person jenem unbekannt war, mit den Papieren, die er in der Hand hielt, zur Seite stehen ließ, stellte der Freiherr ihm die Verlegenheit, in welcher sich die Herren von Tronka befanden, vor. Der Abdecker von Döbbeln sei, auf mangelhafte Requisition[66] der Wilsdrufer Gerichte, mit Pferden erschienen, deren Zustand so heillos beschaffen wäre, dass der Junker Wenzel anstehen müsse, sie für die dem Kohlhaas zugehörigen anzuerkennen; dergestalt, dass, falls man sie gleichwohl dem Abdecker abnehmen solle, um in den Ställen der Ritter, zu ihrer Wiederherstellung, einen Versuch zu machen, vorher eine Okular-Inspektion[67] des Kohlhaas, um den besagten Umstand außer Zweifel zu setzen, notwendig sei. »Habt demnach die Güte, schloss er, den Rosshändler durch eine Wache aus seinem Hause abholen und auf den Markt, wo die Pferde stehen, hinführen zu lassen.« Der Großkanzler, indem er sich eine Brille von der Nase nahm, sagte: dass er in einem doppelten Irrtum stünde, einmal, wenn er glaube, dass der in Rede stehende Umstand anders nicht, als durch eine Okular-

---

66 Ersuchen, Aufforderung
67 Besichtigung

Inspektion des Kohlhaas auszumitteln sei; und dann, wenn er sich einbilde, er, der Kanzler, sei befugt, den Kohlhaas durch eine Wache, wohin es dem Junker beliebe, abführen zu lassen. Dabei stellte er ihm den Rosshändler, der hinter ihm stand, vor, und bat ihn, indem er sich niederließ und seine Brille wieder aufsetzte, sich in dieser Sache an ihn selbst zu wenden. – Kohlhaas, der mit keiner Miene, was in seiner Seele vorging, zu erkennen gab, sagte: dass er bereit wäre, ihm zur Besichtigung der Rappen, die der Abdecker in die Stadt gebracht, auf den Markt zu folgen. Er trat, während der Freiherr sich betroffen zu ihm umkehrte, wieder an den Tisch des Großkanzlers heran, und nachdem er demselben noch, aus den Papieren seiner Brieftasche, mehrere, die Deposition in Lützen betreffende Nachrichten gegeben hatte, beurlaubte er sich von ihm; der Freiherr, der, über das ganze Gesicht rot, ans Fenster getreten war, empfahl sich ihm gleichfalls; und beide gingen, begleitet von den drei durch den Prinzen von Meißen eingesetzten Landsknechten, unter dem Tross einer Menge von Menschen, nach dem Schlossplatz hin. Der Kämmerer, Herr Kunz, der inzwischen den Vorstellungen mehrerer Freunde, die sich um ihn eingefunden hatten, zum Trotz, seinen Platz, dem Abdecker von Döbeln gegenüber, unter dem Volke behauptet hatte, trat, sobald der Freiherr mit dem Rosshändler erschien, an den letzteren heran, und fragte ihn, indem er sein Schwert, mit Stolz und Ansehen, unter dem Arm hielt: ob die Pferde, die hinter dem Wagen stünden, die seinigen wären? Der Rosshändler, nachdem er, mit einer bescheidenen Wendung gegen den die Frage an ihn richtenden Herrn, den er nicht kannte, den Hut gerückt hatte, trat, ohne ihm zu antworten, im Gefolge sämtlicher Ritter, an den Schinderkarren heran; und die Tiere, die, auf wankenden Beinen, die Häupter zur Erde gebeugt, dastanden, und von dem Heu, das ihnen der Abdecker vorgelegt hatte, nicht fraßen, flüchtig, aus einer Ferne von zwölf Schritt, in welcher er stehen blieb, betrachtet: gnädigster Herr! wandte er sich wieder zu dem Kämmerer zurück, der Abdecker hat ganz Recht; die Pferde, die an seinen Karren gebunden sind, gehören mir! Und damit, indem er sich in dem ganzen Kreise der Herren umsah, rückte er den Hut noch einmal, und begab sich, von seiner Wache begleitet, wieder von dem Platz hinweg. Bei diesen Worten trat der Kämmerer, mit einem raschen, seinen

Helmbusch erschütternden Schritt zu dem Abdecker heran, und warf ihm einen Beutel mit Geld zu; und während dieser sich, den Beutel in der Hand, mit einem bleiernen Kamm die Haare über die Stirn zurückkämmte, und das Geld betrachtete, befahl er dem
5 Knecht, die Pferde abzulösen und nach Hause zu führen! Der Knecht, der auf den Ruf des Herrn, einen Kreis von Freunden und Verwandten, die er unter dem Volke besaß, verlassen hatte, trat auch, in der Tat, ein wenig rot im Gesicht, über eine große Mistpfütze, die sich zu ihren Füßen gebildet hatte, zu den Pferden
10 heran; doch kaum hatte er ihre Halftern erfasst, um sie loszubinden, als ihn Meister Himboldt, sein Vetter, schon beim Arm ergriff, und mit den Worten. du rührst die Schindmähren nicht an! von dem Karren hinwegschleuderte. Er setzte, indem er sich mit ungewissen Schritten über die Mistpfütze wieder zu dem Kämmerer,
15 der über diesen Vorfall sprachlos dastand, zurückwandte, hinzu: dass er sich einen Schinderknecht anschaffen müsse, um ihm einen solchen Dienst zu leisten! Der Kämmerer, der, vor Wut schäumend, den Meister auf einen Augenblick betrachtet hatte, kehrte sich um, und rief über die Häupter der Ritter, die ihn um-
20 ringten, hinweg, nach der Wache; und sobald, auf die Bestellung des Freiherrn von Wenk, ein Offizier mit einigen kurfürstlichen Trabanten[68], aus dem Schloss erschienen war, forderte er denselben unter einer kurzen Darstellung der schändlichen Aufhetzerei, die sich die Bürger der Stadt erlaubten, auf, den Rädelsführer,
25 Meister Himboldt, in Verhaft zu nehmen. Er verklagte den Meister, indem er ihn bei der Brust fasste: dass er seinen, die Rappen auf seinen Befehl losbindenden Knecht von dem Karren hinweggeschleudert und misshandelt hätte. Der Meister, indem er den Kämmerer mit einer geschickten Wendung, die ihn befreite, zu-
30 rückwies, sagte: gnädigster Herr! einem Burschen von zwanzig Jahren bedeuten, was er zu tun hat, heißt nicht, ihn verhetzen! Befragt ihn, ob er sich gegen Herkommen und Schicklichkeit mit den Pferden, die an die Karre gebunden sind, befassen will; will er es, nach dem, was ich gesagt, tun: sei's! Meinethalben mag er sie
35 jetzt abludern[69] und häuten! Bei diesen Worten wandte sich der Kämmerer zu dem Knecht herum, und fragte ihn: ob er irgend An-

---

68 Soldaten
69 Fleisch ablösen

stand nähme, seinen Befehl zu erfüllen, und die Pferde, die dem Kohlhaas gehörten, loszubinden, und nach Hause zu führen? und da dieser schüchtern, indem er sich unter die Bürger mischte, erwiderte: die Pferde müssten erst ehrlich gemacht werden, bevor man ihm das zumute; so folgte ihm der Kämmerer von hinten, riss ihm den Hut ab, der mit seinem Hauszeichen geschmückt war, zog, nachdem er den Hut mit Füßen getreten, von Leder, und jagte den Knecht mit wütenden Hieben der Klinge augenblicklich vom Platz weg und aus seinen Diensten. Meister Himboldt rief: schmeißt den Mordwüterich doch gleich zu Boden! und während die Bürger, von diesem Auftritt empört, zusammentraten, und die Wache hinwegdrängten, warf er den Kämmerer von hinten nieder, riss ihm Mantel, Kragen und Helm ab, wand ihm das Schwert aus der Hand, und schleuderte es, in einem grimmigen Wurf, weit über den Platz hinweg. Vergebens rief der Junker Wenzel, indem er sich aus dem Tumult rettete, den Rittern zu, seinem Vetter beizuspringen; ehe sie noch einen Schritt dazu getan hatten, waren sie schon von dem Andrang des Volks zerstreut, dergestalt, dass der Kämmerer, der sich den Kopf beim Fallen verletzt hatte, der ganzen Wut der Menge preisgegeben war. Nichts, als die Erscheinung eines Trupps berittener Landsknechte, die zufällig über den Platz zogen, und die der Offizier der kurfürstlichen Trabanten, zu seiner Unterstützung herbeirief, konnte den Kämmerer retten. Der Offizier, nachdem er den Haufen verjagte, ergriff den wütenden Meister, und während derselbe durch einige Reuter nach dem Gefängnis gebracht ward, hoben zwei Freunde den unglücklichen mit Blut bedeckten Kämmerer vom Boden auf, und führten ihn nach Hause. Einen so heillosen Ausgang nahm der wohlgemeinte und redliche Versuch, dem Rosshändler wegen des Unrechts, das man ihm zugefügt, Genugtuung zu verschaffen. Der Abdecker von Döbbeln, dessen Geschäft abgemacht war, und der sich nicht länger aufhalten wollte, band, da sich das Volk zu zerstreuen anfing, die Pferde an einen Laternenpfahl, wo sie, den ganzen Tag über, ohne dass sich jemand um sie bekümmerte, ein Spott der Straßenjungen und Tagediebe, stehen blieben; dergestalt, dass in Ermangelung aller Pflege und Wartung die Polizei sich ihrer annehmen musste, und gegen Einbruch der Nacht den Abdecker von Dresden herbeirief, um sie, bis auf weitere Verfügung, auf der Schinderei vor der Stadt zu besorgen.

Dieser Vorfall, so wenig der Rosshändler ihn in der Tat verschuldet hatte, erweckte gleichwohl, auch bei dem Gemäßigtern und Besseren, eine, dem Ausgang seiner Streitsache höchst gefährliche Stimmung im Lande. Man fand das Verhältnis desselben zum
5 Staat ganz unerträglich, und in Privathäusern und auf öffentlichen Plätzen, erhob sich die Meinung, dass es besser sei, ein offenbares Unrecht an ihm zu verüben, und die ganze Sache von neuem niederzuschlagen, als ihm Gerechtigkeit, durch Gewalttaten ertrotzt, in einer so nichtigen Sache, zur bloßen Befriedigung seines rasen-
10 den Starrsinns, zukommen zu lassen. Zum völligen Verderben des armen Kohlhaas musste der Großkanzler selbst, aus übergroßer Rechtlichkeit, und einem davon herrührenden Hass gegen die Familie von Tronka, beitragen, diese Stimmung zu befestigen und zu verbreiten. Es war höchst unwahrscheinlich, dass die Pferde,
15 die der Abdecker von Dresden jetzt besorgte, jemals wieder in den Stand, wie sie aus dem Stall zu Kohlhaasenbrück gekommen waren, hergestellt werden würden; doch gesetzt, dass es durch Kunst und anhaltende Pflege möglich gewesen wäre: die Schmach, die zufolge der bestehenden Umstände, dadurch auf die Familie des Jun-
20 kers fiel, war so groß, dass bei dem staatsbürgerlichen Gewicht, den sie, als eine der ersten und edelsten, im Lande hatte, nichts billiger und zweckmäßiger schien, als eine Vergütigung der Pferde in Geld einzuleiten. Gleichwohl, auf einen Brief, in welchem der Präsident, Graf Kallheim, im Namen des Kämmerers, den seine
25 Krankheit abhielt, dem Großkanzler, einige Tage darauf, diesen Vorschlag machte, erließ derselbe zwar ein Schreiben an den Kohlhaas, worin er ihn ermahnte, einen solchen Antrag, wenn er an ihn ergehen sollte, nicht von der Hand zu weisen; den Präsidenten selbst aber bat er, in einer kurzen, wenig verbindlichen Antwort,
30 ihn mit Privataufträgen in dieser Sache zu verschonen, und forderte den Kämmerer auf, sich an den Rosshändler selbst zu wenden, den er ihm als einen sehr billigen und bescheidenen Mann schilderte. Der Rosshändler, dessen Wille, durch den Vorfall, der sich auf dem Markt zugetragen, in der Tat gebrochen war, wartete
35 auch nur, dem Rat des Großkanzlers gemäß, auf eine Eröffnung von Seiten des Junkers, oder seiner Angehörigen, um ihnen mit völliger Bereitwilligkeit und Vergebung alles Geschehenen, entgegenzukommen; doch eben diese Eröffnung war den stolzen Rittern

zu tun empfindlich; und schwer erbittert über die Antwort, die sie von dem Großkanzler empfangen hatten, zeigten sie dieselbe dem Kurfürsten, der, am Morgen des nächstfolgenden Tages, den Kämmerer krank, wie er an seinen Wunden daniederlag, in seinem Zimmer besucht hatte. Der Kämmerer, mit einer, durch seinen Zustand, schwachen und rührenden Stimme, fragte ihn, ob er, nachdem er sein Leben darangesetzt, um diese Sache, seinen Wünschen gemäß, beizulegen, auch noch seine Ehre dem Tadel der Welt aussetzen, und mit einer Bitte um Vergleich und Nachgiebigkeit, vor einem Manne erscheinen solle, der alle nur erdenkliche Schmach und Schande über ihn und seine Familie gebracht habe. Der Kurfürst, nachdem er den Brief gelesen hatte, fragte den Grafen Kallheim verlegen: ob das Tribunal nicht befugt sei, ohne weitere Rücksprache mit dem Kohlhaas, auf den Umstand, dass die Pferde nicht wiederherzustellen wären, zu fußen, und demgemäß das Urteil, gleich, als ob sie tot wären, auf bloße Vergütigung derselben in Geld abzufassen? Der Graf antwortete: »gnädigster Herr, sie *sind* tot: sind in staatsrechtlicher Bedeutung tot, weil sie keinen Wert haben, und werden es physisch sein, bevor man sie, aus der Abdeckerei, in die Ställe der Ritter gebracht hat«; worauf der Kurfürst, indem er den Brief einsteckte, sagte, dass er mit dem Großkanzler selbst darüber sprechen wolle, den Kämmerer, der sich halb aufrichtete und seine Hand dankbar ergriff, beruhigte, und nachdem er ihm noch empfohlen hatte, für seine Gesundheit Sorge zu tragen, mit vieler Huld sich von seinem Sessel erhob, und das Zimmer verließ.

So standen die Sachen in Dresden, als sich über den armen Kohlhaas, noch ein anderes, bedeutenderes Gewitter, von Lützen her, zusammenzog, dessen Strahl die arglistigen Ritter geschickt genug waren, auf das unglückliche Haupt desselben herabzuleiten. Johann Nagelschmidt nämlich, einer von den durch den Rosshändler zusammengebrachten, und nach Erscheinung der kurfürstlichen Amnestie wieder abgedankten Knechten, hatte für gut befunden, wenige Wochen nachher, an der böhmischen Grenze, einen Teil dieses zu allen Schandtaten aufgelegten Gesindels von neuem zusammenzuraffen, und das Gewerbe, auf dessen Spur ihn Kohlhaas geführt hatte, auf seine eigne Hand fortzusetzen. Dieser nichtsnutzige Kerl nannte sich, teils um den Häschern von denen er verfolgt ward, Furcht einzuflößen, teils um das Landvolk, auf die gewohnte Weise, zur Teilnahme an seinen Spitzbübereien zu verleiten, einen Statthalter des Kohlhaas; sprengte mit einer seinem Herrn abgelernten Klugheit aus, dass die Amnestie an mehreren, in ihre Heimat ruhig zurückgekehrten Knechten nicht gehalten, ja der Kohlhaas selbst, mit himmelschreiender Wortbrüchigkeit, bei seiner Ankunft in Dresden eingesteckt, und einer Wache übergeben worden sei; dergestalt, dass in Plakaten, die den Kohlhaasischen ganz ähnlich waren, sein Mordbrennerhaufen als ein zur bloßen Ehre Gottes aufgestandener Kriegshaufen erschien, bestimmt, über die Befolgung der ihnen von dem Kurfürsten angelobten Amnestie zu wachen; alle, wie schon gesagt, keineswegs zur Ehre Gottes, noch aus Anhänglichkeit unter dem Schutz solcher Vorspiegelungen desto ungestrafter und bequemer zu sengen und zu plündern. Die Ritter, sobald die ersten Nachrichten davon nach Dresden kamen, konnten ihre Freude über diesen, dem ganzen Handel eine andere Gestalt gebenden Vorfall nicht unterdrücken. Sie erinnerten mit weisen und missvergnügten Seitenblicken an den Missgriff, den man begangen, indem man dem Kohlhaas ihren dringenden und wiederholten Warnungen zum Trotz, Amnestie erteilt, gleichsam als hätte man die Absicht gehabt Bösewichtern aller Art dadurch, zur Nachfolge auf seinem Wege, das Signal zu geben; und nicht zufrieden, dem Vorgeben des Nagelschmidt, zur bloßen Aufrechterhaltung und Sicherheit seines unterdrückten Herrn die Waffen ergriffen zu haben, Glauben zu schenken, äußerten sie sogar die bestimmte Meinung, dass die ganze Erscheinung desselben nichts, als ein von dem Kohlhaas angezetteltes Unternehmen sei, um die Regierung in Furcht zu setzen, und den Fall des Rechtsspruchs, Punkt vor Punkt, seinem rasenden Eigensinn gemäß durchzusetzen und zu beschleunigen. Ja, der Mundschenk, Herr Hinz, ging so weit, einigen Jagdjunkern und Hofherren, die sich nach der Tafel im Vorzimmer des Kurfürsten um ihn versammelt hatten, die Auflösung des Räuberhaufens in Lützen als eine verwünschte Spiegelfechterei[70] darzustellen; und indem er sich über die Gerechtigkeitsliebe des Großkanzlers sehr lustig machte, erwies er aus mehreren witzig[71] zusammengestellten Umständen, dass der Haufen, nach wie vor, noch in den

---

70 Scheinhandlung, Ablenkungsmanöver

60

Wäldern des Kurfürstentums vorhanden sei, und nur auf den Wink des Rosshändlers warte, um daraus von neuem mit Feuer und Schwert hervorzubrechen. Der Prinz Christiern von Meißen, über diese Wendung der Dinge, die seines Herrn Ruhm auf die empfindlichste Weise zu beflecken drohete, sehr missvergnügt, begab sich sogleich zu demselben aufs Schloss; und das Interesse der Ritter, den Kohlhaas, wenn es möglich wäre, auf den Grund neuer Vergehungen zu stürzen, wohl durchschauend, bat er sich von demselben die Erlaubnis aus, unverzüglich ein Verhör über den Rosshändler anstellen zu dürfen. Der Rosshändler, nicht ohne Befremden, durch einen Häscher in das Gubernium abgeführt, erschien, den Heinrich und Leopold, seine beiden kleinen Knaben auf dem Arm; denn Sternbald, der Knecht, war tags zuvor mit seinen fünf Kindern aus dem Mecklenburgischen, wo sie sich aufgehalten hatten, bei ihm angekommen, und Gedanken mancherlei Art, die zu entwickeln zu weitläufig sind, bestimmten ihn, die Jungen, die ihn bei seiner Entfernung unter dem Erguss kindischer Tränen darum baten, aufzuheben, und in das Verhör mitzunehmen. Der Prinz, nachdem er die Kinder, die Kohlhaas neben sich niedergesetzt hatte, wohlgefällig betrachtet und auf eine freundliche Weise nach ihrem Alter und Namen gefragt hatte, eröffnete ihm, was der Nagelschmidt, sein ehemaliger Knecht, sich in den Tälern des Erzgebirges für Freiheiten herausnehme; und indem er ihm die so genannten Mandate desselben überreichte, forderte er ihn auf, dagegen vorzubringen, was er zu seiner Rechtfertigung vorzubringen wüsste. Der Rosshändler, so schwer er auch in der Tat über diese schändlichen und verräterischen Papiere erschrak, hatte gleichwohl, einem so rechtschaffenen Manne, als der Prinz war, gegenüber, wenig Mühe, die Grundlosigkeit der gegen ihn auf die Bahn gebrachten Beschuldigungen, befriedigend auseinander zu legen. Nicht nur, dass zufolge seiner Bemerkung er, so wie die Sachen standen, überhaupt noch zur Entscheidung seines, im besten Fortgang begriffenen Rechtsstreits, keiner Hülfe von Seiten eines Dritten bedürfe: aus einigen Briefschaften, die er bei sich trug, und die er dem Prinzen vorzeigte, ging sogar eine Unwahrscheinlichkeit ganz eigner Art hervor, dass das Herz des Nagelschmidts gestimmt sein sollte, ihm dergleichen Hülfe zu leisten,

---

71 klug, scharfsinnig

indem er den Kerl, wegen auf dem platten Lande verübter Notzucht[72] und anderer Schelmereien, kurz vor Auflösung des Haufens in Lützen hatte hängen lassen wollen; dergestalt, dass nur die Erscheinung der kurfürstlichen Amnestie, indem sie das ganze Verhältnis aufhob, ihn gerettet hatte, und beide tags darauf, als Todfeinde auseinander gegangen waren. Kohlhaas, auf seinen von dem Prinzen angenommenen Vorschlag, setzte sich nieder, und erließ ein Sendschreiben an den Nagelschmidt, worin er das Vorgeben desselben zur Aufrechterhaltung der an ihm und seinen Haufen gebrochenen Amnestie aufgestanden zu sein, für eine schändliche und ruchlose Erfindung erklärte; ihm sagte, dass er bei seiner Ankunft in Dresden weder eingesteckt, noch einer Wache übergeben, auch seine Rechtssache ganz so, wie er es wünsche, im Fortgange sei; und ihn wegen der, nach Publikation der Amnestie im Erzgebirge ausgeübten Mordbrennereien, zur Warnung des um ihn versammelten Gesindels, der ganzen Rache der Gesetze preisgab. Dabei wurden einige Fragmente der Kriminalverhandlung, die der Rosshändler auf dem Schlosse zu Lützen, in Bezug auf die oben erwähnten Schändlichkeiten, über ihn hatte anstellen lassen, zur Belehrung des Volks über diesen nichtsnutzigen, schon damals dem Galgen bestimmten, und, wie schon erwähnt, nur durch das Patent[73] das der Kurfürst erließ, geretteten Kerl, angehängt. Demgemäß beruhigte der Prinz den Kohlhaas über den Verdacht, den man ihm, durch die Umstände notgedrungen, in diesem Verhör habe äußern müssen; versicherte ihn, dass solange *er* in Dresden wäre, die ihm erteilte Amnestie auf keine Weise gebrochen werden solle; reichte den Knaben noch einmal, indem er sie mit Obst, das auf seinem Tische stand, beschenkte, die Hand, grüßte den Kohlhaas und entließ ihn. Der Großkanzler, der gleichwohl die Gefahr, die über den Rosshändler schwebte, erkannte, tat sein Äußerstes, um die Sache desselben, bevor sie durch neue Ereignisse verwickelt und verworren würde, zu Ende zu bringen; das aber wünschten und bezweckten die staatsklugen Ritter eben, und statt, wie zuvor, mit stillschweigendem Eingeständnis der Schuld, ihren Widerstand auf ein bloß gemildertes Rechtserkenntnis einzuschränken, fingen sie jetzt an, in Wendungen arglistiger und

72 Vergewaltigung
73 offener Brief

Wesentliche Punkte des Sendschreibens

Aktionen und Verhaltensweisen der Ritter

rabulistischer[74] Art, diese Schuld selbst gänzlich zu leugnen. Bald
gaben sie vor, dass die Rappen des Kohlhaas, infolge eines bloß
eigenmächtigen Verfahrens des Schlossvogts und Verwalters, von
welchem der Junker nichts oder nur Unvollständiges gewusst, auf
der Tronkenburg zurückgehalten worden seien; bald versicherten
sie, dass die Tiere schon, bei ihrer Ankunft daselbst, an einem hef-
tigen und gefährlichen Husten krank gewesen wären, und beriefen
sich deshalb auf Zeugen, die sie herbeizuschaffen sich anheischig
machten; und als sie mit diesen Argumenten, nach weitläufigen
Untersuchungen und Auseinandersetzungen, aus dem Felde ge-   10
schlagen waren, brachten sie gar ein kurfürstliches Edikt[75] bei,
worin, vor einem Zeitraum von zwölf Jahren, einer Viehseuche
wegen, die Einführung der Pferde aus dem Brandenburgischen ins
Sächsische, in der Tat verboten worden war: zum sonnenklaren
Beleg nicht nur der Befugnis, sondern sogar der Verpflichtung des   15
Junkers, die von dem Kohlhaas über die Grenze gebrachten Pferde
anzuhalten. – Kohlhaas, der inzwischen von dem wackern Amtmann zu Kohlhaasenbrück seine Meierei, gegen eine geringe Vergütigung des dabei gehabten Schadens, käuflich wieder erlangt
hatte, wünschte, wie es scheint wegen gerichtlicher Abmachung   20
dieses Geschäfts, Dresden auf einige Tage zu verlassen, und in diese
seine Heimat zu reisen; ein Entschluss, an welchem gleichwohl,
wie wir nicht zweifeln, weniger das besagte Geschäft, so dringend
es auch in der Tat, wegen Bestellung der Wintersaat, sein mochte,
als die Absicht unter so sonderbaren und bedenklichen Umstän-   25
den seine Lage zu prüfen, Anteil hatte: zu welchem vielleicht auch
noch Gründe anderer Art mitwirkten, die wir jedem, der in seiner
Brust Bescheid weiß, zu erraten überlassen wollen. Demnach verfügte er sich, mit Zurücklassung der Wache, die ihm zugeordnet
war, zum Großkanzler, und eröffnete ihm, die Briefe des Amt-   30
manns in der Hand: dass er willens sei, falls man seiner, wie es den
Anschein habe, bei dem Gericht nicht notwendig bedürfe, die
Stadt zu verlassen, und auf einen Zeitraum von acht oder zwölf
Tagen, binnen welcher Zeit er wieder zurück zu sein versprach,
nach dem Brandenburgischen zu reisen. Der Großkanzler, indem   35
er mit einem missvergnügten und bedenklichen Gesichte zur Erde

---

74 spitzfindig
75 Erlass

sah, versetzte: er müsse gestehen, dass seine Anwesenheit grade jetzt notwendiger sei als jemals, indem das Gericht wegen arglistiger und winkelziehender Einwendungen der Gegenpart, seiner Aussagen und Erörterungen, in tausenderlei nicht vorherzusehender Fälle, bedürfe; doch da Kohlhaas ihn auf seinen, von dem Rechtsfall wohlunterrichteten Advokaten verwies, und mit bescheidener Zudringlichkeit, indem er sich auf acht Tage einzuschränken versprach, auf seine Bitte beharrte, so sagte der Großkanzler nach einer Pause kurz, indem er ihn entließ: »er hoffe, dass er sich deshalb Pässe, bei dem Prinzen Christiern von Meißen, ausbitten würde.« – – Kohlhaas, der sich auf das Gesicht des Großkanzlers gar wohl verstand, setzte sich, in seinem Entschluss nur bestärkt, auf der Stelle nieder, und bat, ohne irgendeinen Grund anzugeben, den Prinzen von Meißen, als Chef des Guberniums, um Pässe auf acht Tage nach Kohlhaasenbrück, und zurück. Auf dieses Schreiben erhielt er eine, von dem Schlosshauptmann, Freiherrn Siegfried von Wenk, unterzeichnete Gubernial-Resolution[76], des Inhalts: »sein Gesuch um Pässe nach Kohlhaasenbrück werde des Kurfürsten Durchlaucht vorgelegt werden, auf dessen höchster Bewilligung, sobald sie einginge, ihm die Pässe zugeschickt werden würden.« Auf die Erkundigung Kohlhaasens bei einem Advokaten, wie es zuginge, dass die Gubernial-Resolution von einem Freiherrn Siegfried von Wenk, und nicht von dem Prinzen Christiern von Meißen, an den er sich gewendet, unterschrieben sei, erhielt er zur Antwort: dass der Prinz vor drei Tagen auf seine Güter gereist, und die Gubernialgeschäfte während seiner Abwesenheit dem Schlosshauptmann Freiherrn Siegfried von Wenk, einem Vetter des oben erwähnten Herren gleiches Namens, übergeben wären. – Kohlhaas, dem das Herz unter allen diesen Umständen unruhig zu klopfen anfing, harrte durch mehrere Tage auf die Entscheidung seiner, der Person des Landesherrn mit befremdender Weitläufigkeit vorgelegten Bitte; doch es verging eine Woche, und es verging mehr, ohne dass weder diese Entscheidung einlief, noch auch das Rechtserkenntnis, so bestimmt man es ihm auch verkündigt hatte, bei dem Tribunal gefällt ward: dergestalt, dass er am zwölften Tage, fest entschlossen, die Gesinnung der Regierung gegen ihn, sie möge sein, welche man wolle, zur Sprache zu bringen, sich nieder-

---

76 Regierungsbeschluss

setzte, und das Gubernium von neuem in einer dringenden Vor-
stellung um die erforderten Pässe bat. Aber wie betreten war er, als
er am Abend des folgenden, gleichfalls ohne die erwartete Antwort
verstrichenen Tages, mit einem Schritt, den er gedankenvoll, in
Erwägung seiner Lage, und besonders der ihm von dem Doktor 5
Luther ausgewirkten Amnestie, an das Fenster seines Hinterstüb-
chens tat, in dem kleinen, auf dem Hofe befindlichen Nebenge-
bäude, das er ihr zum Aufenthalte angewiesen hatte, die Wache
nicht erblickte, die ihm bei seiner Ankunft der Prinz von Meißen
eingesetzt hatte. Thomas, der alte Hausmann, den er herbeirief 10
und fragte: was dies zu bedeuten habe? antwortete ihm seufzend:
Herr! es ist nicht alles wie es sein soll; die Landsknechte, deren
heute mehr sind wie gewöhnlich, haben sich bei Einbruch der
Nacht um das ganze Haus verteilt; zwei stehen, mit Schild und
Spieß, an der vordern Tür auf der Straße; zwei an der hintern im 15
Garten: und noch zwei andere liegen im Vorsaal auf ein Bund
Stroh, und sagen, dass sie daselbst schlafen würden. Kohlhaas, der
seine Farbe verlor, wandte sich und versetzte: »es wäre gleichviel,
wenn sie nur da wären; und er möchte den Landsknechten, sobald
er auf den Flur käme, Licht hinsetzen, damit sie sehen könnten.« 20
Nachdem er noch, unter dem Vorwande, ein Geschirr auszugie-
ßen[77], den vordern Fensterladen eröffnet, und sich von der Wahrheit des Umstands, den ihm der Alte entdeckt, überzeugt hatte:
denn eben ward sogar in geräuschloser Ablösung die Wache erneu-
ert, an welche Maßregel bisher, solange die Einrichtung bestand, 25
noch niemand gedacht hatte: so legte er sich, wenig schlaflustig
allerdings, zu Bette, und sein Entschluss war für den kommenden
Tag sogleich gefasst. Denn nichts missgönnte er der Regierung, mit
der er zu tun hatte, mehr, als den Schein der Gerechtigkeit, während sie in der Tat die Amnestie, die sie ihm angelobt hatte, an ihm 30
brach; und falls er wirklich ein Gefangener sein sollte, wie es keinem Zweifel mehr unterworfen war, wollte er derselben auch die
bestimmte und unumwundene Erklärung, dass es so sei, abnöti-
gen. Demnach ließ er, sobald der Morgen des nächsten Tages anbrach, durch Sternbald, seinen Knecht, den Wagen anspannen 35
und vorführen, um wie er vorgab, zu dem Verwalter nach Locke-

---

77 wegen fehlender Kanalisation wurde das Spülwasser durch das Fenster ent-
leert

witz zu fahren, der ihn, als ein alter Bekannter, einige Tage zuvor in Dresden gesprochen und eingeladen hatte, ihn einmal mit seinen Kindern zu besuchen. Die Landsknechte, welche mit zusammengesteckten Köpfen, die dadurch veranlassten Bewegungen im Hause wahrnahmen, schickten einen aus ihrer Mitte heimlich in die Stadt, worauf binnen wenigen Minuten ein Gubernial-Offiziant[78] an der Spitze mehrerer Häscher[79] erschien, und sich, als ob er daselbst ein Geschäft hätte, in das gegenüberliegende Haus begab. Kohlhaas, der mit der Ankleidung seiner Knaben beschäftigt, diese Bewegungen gleichfalls bemerkte, und den Wagen absichtlich länger, als eben nötig gewesen wäre, vor dem Hause halten ließ, trat, sobald er die Anstalten der Polizei vollendet sah, mit seinen Kindern, ohne darauf Rücksicht zu nehmen, vor das Haus hinaus; und während er dem Tross der Landsknechte, die unter der Tür standen, im Vorübergehen sagte, dass sie nicht nötig hätten, ihm zu folgen, hob er die Jungen in den Wagen und küsste und tröstete die kleinen weinenden Mädchen, die, seiner Anordnung gemäß, bei der Tochter des alten Hausmanns zurückbleiben sollten. Kaum hatte er selbst den Wagen bestiegen, als der Gubernial-Offiziant mit seinem Gefolge von Häschern, aus dem gegenüberliegenden Hause, zu ihm herantrat, und ihn fragte: wohin er wolle? Auf die Antwort Kohlhaasens: »dass er zu seinem Freund, dem Amtmann nach Lockewitz fahren wolle, der ihn vor einigen Tagen mit seinen beiden Knaben zu sich aufs Land geladen«, antwortete der Gubernial-Offiziant: dass er in diesem Fall einige Augenblicke warten müsse, indem einige berittene Landsknechte, dem Befehl des Prinzen von Meißen gemäß, ihn begleiten würden. Kohlhaas fragte lächelnd von dem Wagen herab: »ob er glaube, dass seine Person in dem Hause eines Freundes, der sich erboten, ihn auf einen Tag an seiner Tafel zu bewirten, nicht sicher sei?« Der Offiziant erwiderte auf eine heitere und angenehme Art: dass die Gefahr allerdings nicht groß sei; wobei er hinzusetzte: dass ihm die Knechte auch auf keine Weise zur Last fallen sollten. Kohlhaas versetzte ernsthaft: »dass ihm der Prinz von Meißen, bei seiner Ankunft in Dresden, freigestellt, ob er sich der Wache bedienen wolle oder nicht«; und da der Offiziant sich über diesen Umstand wunderte,

---

78 Regierungsbeamter
79 Gerichtsdiener, Schergen

und sich mit vorsichtigen Wendungen auf den Gebrauch, während der ganzen Zeit seiner Anwesenheit, berief: so erzählte der Rosshändler ihm den Vorfall, der die Einsetzung der Wache in seinem Hause veranlasst hatte. Der Offiziant versicherte ihn, dass die Befehle des Schlosshauptmanns, Freiherrn von Wenk, der in diesem Augenblick Chef der Polizei sei, ihm die unausgesetzte Beschützung seiner Person zur Pflicht mache; und bat ihn, falls er sich die Begleitung nicht gefallen lassen wolle, selbst auf das Gubernium zu gehen, um den Irrtum, der dabei obwalten müsse, zu berichtigen. Kohlhaas, mit einem sprechenden Blick, den er auf den Offizianten warf, sagte, entschlossen, die Sache zu beugen oder zu brechen: »dass er dies tun wolle«; stieg mit klopfendem Herzen von dem Wagen, ließ die Kinder durch den Hausmann in den Flur tragen, und verfügte sich, während der Knecht mit dem Fuhrwerk vor dem Hause halten blieb, mit dem Offizianten und seiner Wache in das Gubernium. Es traf sich, dass der Schlosshauptmann, Freiherr Wenk eben mit der Besichtigung einer Bande, am Abend zuvor eingebrachter Nagelschmidtscher Knechte, die man in der Gegend von Leipzig aufgefangen hatte, beschäftigt war, und die Kerle über manche Dinge, die man gern von ihnen gehört hätte, von den Rittern, die bei ihm waren, befragt wurden, als der Rosshändler mit seiner Begleitung zu ihm in den Saal trat. Der Freiherr, sobald er den Rosshändler erblickte, ging, während die Ritter plötzlich still wurden, und mit dem Verhör der Knechte einhielten, auf ihn zu, und fragte ihn: was er wolle? und da der Rosskamm ihm auf ehrerbietige Weise sein Vorhaben, bei dem Verwalter in Lockewitz zu Mittag zu speisen, und den Wunsch, die Landsknechte deren er dabei nicht bedürfe zurücklassen zu dürfen, vorgetragen hatte, antwortete der Freiherr, die Farbe im Gesicht wechselnd, indem er eine andere Rede zu verschlucken schien: »er würde wohl tun, wenn er sich still in seinem Hause hielte, und den Schmaus bei dem Lockewitzer Amtmann vor der Hand noch aussetzte.« – Dabei wandte er sich, das ganze Gespräch zerschneidend, dem Offizianten zu, und sagte ihm: »dass es mit dem Befehl, den er ihm, in Bezug auf den Mann gegeben, sein Bewenden[80] hätte, und dass derselbe anders nicht, als in Begleitung sechs berittener Landsknechte die Stadt verlassen dürfe.« –

Kohlhaas fragte: ob er ein Gefangener wäre, und ob er glauben solle, dass die ihm feierlich, vor den Augen der ganzen Welt angelobte Amnestie gebrochen sei? worauf der Freiherr sich plötzlich glutrot im Gesicht zu ihm wandte, und, indem er dicht vor ihn
5 trat, und ihm in das Auge sah, antwortete: ja! ja! ja! – ihm den Rücken zukehrte, ihn stehen ließ, und wieder zu den Nagelschmidtschen Knechten ging. Hierauf verließ Kohlhaas den Saal, und ob er schon einsah, dass er sich das einzige Rettungsmittel, das ihm übrig blieb, die Flucht, durch die Schritte, die er getan,
10 sehr erschwert hatte, so lobte er sein Verfahren gleichwohl, weil er sich nunmehr auch seinerseits von der Verbindlichkeit den Artikeln der Amnestie nachzukommen, befreit sah. Er ließ, da er zu Hause kam, die Pferde ausspannen, und begab sich, in Begleitung des Gubernial-Offizianten, sehr traurig und erschüttert in sein
15 Zimmer; und während dieser Mann auf eine dem Rosshändler Ekel erregende Weise, versicherte, dass alles nur auf einem Missverständnis beruhen müsse, das sich in kurzem lösen würde, verriegelten die Häscher, auf seinen Wink, alle Ausgänge der Wohnung die auf den Hof führten; wobei der Offizier ihm versicherte, dass
20 ihm der vordere Haupteingang nach wie vor, zu seinem beliebigen Gebrauch offen stehe.

Inzwischen war der Nagelschmidt in den Wäldern des Erzgebirgs, durch Häscher und Landsknechte von allen Seiten so gedrängt worden, dass er bei dem gänzlichen Mangel an Hülfsmitteln, eine
25 Rolle der Art, wie er sie übernommen, durchzuführen, auf den Gedanken verfiel, den Kohlhaas in der Tat ins Interesse zu ziehen[81]; und da er von der Lage seines Rechtsstreits in Dresden durch einen Reisenden, der die Straße zog, mit ziemlicher Genauigkeit unterrichtet war: so glaubte er, der offenbaren Feindschaft, die unter
30 ihnen bestand, zum Trotz, den Rosshändler bewegen zu können, eine neue Verbindung mit ihm einzugehen. Demnach schickte er einen Knecht, mit einem in kaum leserlichem Deutsch abgefassten Schreiben an ihn ab, des Inhalts: »Wenn er nach dem Altenburgischen kommen, und die Anführung des Haufens, der sich daselbst,
35 aus Resten des aufgelösten zusammengefunden, wieder übernehmen wolle, so sei er erbötig[82], ihm zur Flucht aus seiner Haft in

80 Richtigkeit
81 in die Pläne einweihen, für seine Pläne gewinnen

Dresden mit Pferden, Leuten und Geld an die Hand zu gehen; wobei er ihm versprach, künftig gehorsamer und überhaupt ordentlicher und besser zu sein, als vorher, und sich zum Beweis seiner Treue und Anhänglichkeit anheischig machte, selbst in die Gegend von Dresden zu kommen, um seine Befreiung aus seinem Kerker zu bewirken.« Nun hatte der, mit diesem Brief beauftragte Kerl das Unglück, in einem Dorf dicht vor Dresden, in Krämpfen hässlicher Art, denen er von Jugend auf unterworfen war, niederzusinken; bei welcher Gelegenheit der Brief, den er im Brustlatz trug, von Leuten, die ihm zu Hülfe kamen, gefunden, er selbst aber, sobald er sich erholt, arretiert[83], und durch eine Wache unter Begleitung vielen Volks, auf das Gubernium transportiert ward. Sobald der Schlosshauptmann von Wenk diesen Brief gelesen hatte, verfügte er sich unverzüglich zum Kurfürsten aufs Schloss, wo er die Herren Kunz und Hinz, welcher Ersterer von seinen Wunden wiederhergestellt war, und den Präsidenten der Staatskanzlei, Grafen Kallheim, gegenwärtig fand. Die Herren waren der Meinung, dass der Kohlhaas ohne weiteres arretiert, und ihm, auf den Grund geheimer Einverständnisse mit dem Nagelschmidt, der Prozess gemacht werden müsse; indem sie bewiesen, dass ein solcher Brief nicht, ohne dass frühere auch von Seiten des Rosshändlers vorangegangen, und ohne dass überhaupt eine frevelhafte und verbrecherische Verbindung, zu Schmiedung neuer Gräuel, unter ihnen stattfinden sollte, geschrieben sein könne. Der Kurfürst weigerte sich standhaft, auf den Grund bloß dieses Briefes, dem Kohlhaas das freie Geleit, das er ihm angelobt[84], zu brechen; er war vielmehr der Meinung, dass eine Art von Wahrscheinlichkeit aus dem Briefe des Nagelschmidt hervorgehe, dass keine frühere Verbindung zwischen ihnen stattgefunden habe; und alles, wozu er sich, um hierüber aufs Reine zu kommen, auf den Vorschlag des Präsidenten, obschon nach großer Zögerung entschloss, war, den Brief durch den von dem Nagelschmidt abgeschickten Knecht, gleichsam, als ob derselbe nach wie vor frei sei, an ihn abgeben zu lassen, und zu prüfen, ob er ihn beantworten würde. Demgemäß ward der Knecht, den man in ein Gefängnis gesteckt hatte, am andern Morgen auf das Gubernium

---

82 gewillt
83 verhaftet
84 versprochen

geführt, wo der Schlosshauptmann ihm den Brief wieder zustellte, und ihn unter dem Versprechen, dass er frei sein, und die Strafe die er verwirkt, ihm erlassen sein solle, aufforderte, das Schreiben, als sei nichts vorgefallen, dem Rosshändler zu übergeben; zu welcher
5 List schlechter Art sich dieser Kerl auch ohne weiteres gebrauchen ließ, und auf scheinbar geheimnisvolle Weise, unter dem Vorwand, dass er Krebse zu verkaufen habe, womit ihn der Gubernial-Offiziant, auf dem Markte, versorgt hatte, zu Kohlhaas ins Zimmer trat. Kohlhaas, der den Brief, während die Kinder mit den Krebsen
10 spielten, las, würde den Gauner gewiss unter andern Umständen beim Kragen genommen, und den Landsknechten, die vor seiner Tür standen, überliefert haben; doch da bei der Stimmung der Gemüter auch selbst dieser Schritt noch einer gleichgültigen Auslegung fähig war, und er sich vollkommen überzeugt hatte, dass
15 nichts auf der Welt ihn aus dem Handel, in dem er verwickelt war, retten konnte: So sah er dem Kerl, mit einem traurigen Blick, in sein ihm wohlbekanntes Gesicht, fragte ihn, wo er wohnte, und beschied ihn, in einigen Stunden, wieder zu sich, wo er ihm, in Bezug auf seinen Herrn, seinen Beschluss eröffnen wolle. Er hieß
20 dem Sternbald, der zufällig in die Tür trat, dem Mann, der im Zimmer war, etliche Krebse abkaufen; und nachdem dies Geschäft abgemacht war, und beide sich ohne einander zu kennen, entfernt hatten, setzte er sich nieder und schrieb einen Brief folgenden Inhalts an den Nagelschmidt: »Zuvörderst[85] dass er seinen Vorschlag,
25 die Oberanführung seines Haufens im Altenburgischen betreffend, annähme; dass er demgemäß, zur Befreiung aus der vorläufigen Haft, in welcher er, mit seinen fünf Kindern gehalten werde, ihm einen Wagen mit zwei Pferden nach der Neustadt bei Dresden schicken solle; dass er auch, rascheren Fortkommens wegen, noch
30 eines Gespannes von zwei Pferden auf der Straße nach Wittenberg, bedürfe, auf welchem Umweg er allein, aus Gründen, die anzugeben zu weitläufig wären, zu ihm kommen könne; dass er die Landsknechte, die ihn bewachten, zwar durch Bestechung gewinnen zu können glaube, für den Fall aber dass Gewalt nötig sei, ein
35 paar beherzte, gescheute[86] und wohlbewaffnete Knechte, in der Neustadt bei Dresden gegenwärtig wissen wolle; dass er ihm zur

---

85 zunächst

Bestreitung der mit allen diesen Anstalten verbundenen Kosten, eine Rolle von zwanzig Goldkronen durch den Knecht zuschicke, über deren Verwendung er sich, nach abgemachter Sache, mit ihm berechnen wolle; dass er sich übrigens, weil sie unnötig sei, seine eigne Anwesenheit bei seiner Befreiung in Dresden verbitte, ja ihm vielmehr den bestimmten Befehl erteile, zur einstweiligen Anführung der Bande, die nicht ohne Oberhaupt sein könne, im Altenburgischen zurückzubleiben.« – Diesen Brief, als der Knecht gegen Abend kam, überlieferte er ihm; beschenkte ihn selbst reichlich, und schärfte ihm ein, denselben wohl in Acht zu nehmen. – Seine Absicht war mit seinen fünf Kindern nach Hamburg zu gehen, und sich von dort nach der Levante[87] oder nach Ostindien, oder soweit der Himmel über andere Menschen, als die er kannte, blau war, einzuschiffen: denn die Dickfütterung der Rappen hatte seine, von Gram sehr gebeugte Seele auch unabhängig von dem Widerwillen, mit dem Nagelschmidt deshalb gemeinschaftliche Sache zu machen, aufgegeben. – Kaum hatte der Kerl diese Antwort dem Schlosshauptmann überbracht, als der Großkanzler abgesetzt, der Präsident, Graf Kallheim, an dessen Stelle, zum Chef des Tribunals ernannt, und Kohlhaas, durch einen Kabinettsbefehl des Kurfürsten arretiert, und schwer mit Ketten beladen in die Stadttürme gebracht ward. Man machte ihm auf den Grund dieses Briefes, der an alle Ecken der Stadt angeschlagen ward, den Prozess; und da er vor den Schranken des Tribunals auf die Frage, ob er die Handschrift anerkenne, dem Rat, der sie ihm vorhielt, antwortete: »ja!« zur Antwort aber auf die Frage, ob er zu seiner Verteidigung etwas vorzubringen wisse, indem er den Blick zur Erde schlug, erwiderte, »nein!« so ward er verurteilt, mit glühenden Zangen von Schinderknechten gekniffen, geviertteilt[88], und sein Körper, zwischen Rad und Galgen, verbrannt zu werden.

So standen die Sachen für den armen Kohlhaas in Dresden, als der Kurfürst von Brandenburg zu seiner Rettung aus den Händen der Übermacht und Willkür auftrat, und ihn, in einer bei der kurfürstlichen Staatskanzlei daselbst eingereichten Note, als brandenburgischen Untertan reklamierte[89]. Denn der wackere Stadthauptmann,

---

86 gescheit
87 östliche Mittelmeerländer
88 Zerreißen des Körpers mithilfe von Pferden in vier Teile

Herr Heinrich von Geusau, hatte ihn, auf einem Spaziergang an den Ufern der Spree, von der Geschichte dieses sonderbaren und nicht verwerflichen Mannes unterrichtet, bei welcher Gelegenheit er von den Fragen des erstaunten Herrn gedrängt, nicht umhin
5 konnte, der Schuld zu erwähnen, die durch die Unziemlichkeiten seines Erzkanzlers, des Grafen Siegfried von Kallheim, seine eigene Person drückte: worüber der Kurfürst schwer entrüstet, den Erzkanzler, nachdem er ihn zur Rede gestellt und befunden, dass die Verwandtschaft desselben mit dem Hause derer von Tronka
10 an allem schuld sei, ohne weiteres, mit mehreren Zeichen seiner Ungnade entsetzte, und den Herrn Heinrich von Geusau zum Erzkanzler ernannte.

Es traf sich aber, dass die Krone Polen grade damals, indem sie mit dem Hause Sachsen, um welchen Gegenstandes willen wissen wir
15 nicht, im Streit lag, den Kurfürsten von Brandenburg, in wiederholten und dringenden Vorstellungen anging, sich mit ihr in gemeinschaftlicher Sache gegen das Haus Sachsen zu verbinden; dergestalt, dass der Erzkanzler, Herr Geusau, der in solchen Dingen nicht ungeschickt war, wohl hoffen durfte, den Wunsch seines
20 Herrn, dem Kohlhaas, es koste was es wolle, Gerechtigkeit zu verschaffen, zu erfüllen, ohne die Ruhe des Ganzen auf eine misslichere Art, als die Rücksicht auf einen Einzelnen erlaubt, aufs Spiel zu setzen. Demnach forderte der Erzkanzler nicht nur wegen gänzlich willkürlichen, Gott und Menschen missgefälligen Verfahrens,
25 die unbedingte und ungesäumte Auslieferung des Kohlhaas, um denselben, falls ihn eine Schuld drücke, nach brandenburgischen Gesetzen, auf Klageartikel, die der Dresdner Hof deshalb durch einen Anwalt in Berlin anhängig machen könne, zu richten; sondern er begehrte sogar selbst Pässe für einen Anwalt, den der Kurfürst
30 fürst nach Dresden zu schicken willens sei, um dem Kohlhaas, wegen der ihm auf sächsischem Grund und Boden abgenommenen Rappen und anderer himmelschreienden Misshandlungen und Gewalttaten halber, gegen den Junker Wenzel von Tronka, Recht zu schaffen. Der Kämmerer, Herr Kunz, der bei der Veränderung
35 rung der Staatsämter in Sachsen zum Präsidenten der Staatskanzlei ernannt worden war, und der aus mancherlei Gründen den Berliner Hof, in der Bedrängnis in der er sich befand, nicht verletzen

---

89 beanspruchte

wollte, antwortete im Namen seines über die eingegangene Note
sehr niedergeschlagenen Herrn: »dass man sich über die Unfreund-
lichkeit und Unbilligkeit wundere, mit welcher man dem Hofe zu
Dresden das Recht abspräche, den Kohlhaas wegen Verbrechen,
die er im Lande begangen, den Gesetzen gemäß zu richten, da   5
doch weltbekannt sei, dass derselbe ein beträchtliches Grundstück
in der Hauptstadt besitze, und sich selbst in der Qualität als säch-
sischer Bürger gar nicht verleugne.« Doch da die Krone Polen bereits zur Ausfechtung ihrer Ansprüche einen Heerhaufen von fünf-
tausend Mann an der Grenze von Sachsen zusammenzog, und der   10
Erzkanzler, Herr Heinrich von Geusau, erklärte: »dass Kohlhaasenbrück, der Ort, nach welchem der Rosshändler heiße, im Brandenburgischen liege, und dass man die Vollstreckung des über ihn
ausgesprochenen Todesurteils für eine Verletzung des Völkerrechts
halten würde«: so rief der Kurfürst, auf den Rat des Kämmerers,   15
Herrn Kunz selbst, der sich aus diesem Handel zurückzuziehen
wünschte, den Prinzen Christiern von Meißen von seinen Gütern
herbei, und entschloss sich, auf wenige Worte dieses verständigen
Herrn, den Kohlhaas, der Forderung gemäß, an den Berliner Hof
auszuliefern. Der Prinz, der obschon mit den Unziemlichkeiten die   20
vorgefallen waren, wenig zufrieden, die Leitung der Kohlhaasischen Sache auf den Wunsch seines bedrängten Herrn, übernehmen musste, fragte ihn, auf welchen Grund er nunmehr den Rosshändler bei dem Kammergericht zu Berlin verklagt wissen wolle;
und da man sich auf den leidigen Brief desselben an den Nagel-   25
schmidt, wegen der zweideutigen und unklaren Umstände, unter
welchen er geschrieben war, nicht berufen konnte, der früheren
Plünderungen und Einäscherungen aber, wegen des Plakats, worin
sie ihm vergeben worden waren, nicht erwähnen durfte: so beschloss der Kurfürst, der Majestät des Kaisers zu Wien einen Be-   30
richt über den bewaffneten Einfall des Kohlhaas in Sachsen vorzulegen, sich über den Bruch des von ihm eingesetzten öffentlichen
Landfriedens[90] zu beschweren, und sie, die allerdings durch keine
Amnestie gebunden war, anzuliegen[91], den Kohlhaas bei dem Hof-
gericht zu Berlin deshalb durch einen Reichsankläger zur Rechen-   35
schaft zu ziehen. Acht Tage darauf ward der Rosskamm durch den

---

90 Verbot des Kaisers, Konflikte durch private Rache (Privatfehde) zu lösen
91 einen Antrag stellen

Ritter Friedrich von Malzahn, den der Kurfürst von Brandenburg mit sechs Reutern nach Dresden geschickt hatte, geschlossen wie er war, auf einen Wagen geladen, und mit seinen fünf Kindern, die man auf seine Bitte aus Findel- und Waisenhäusern wieder zusammengesucht hatte, nach Berlin transportiert. Es traf sich dass der Kurfürst von Sachsen auf die Einladung des Landdrosts[92], Grafen Aloysius von Kallheim, der damals an der Grenze von Sachsen beträchtliche Besitzungen hatte, in Gesellschaft des Kämmerers, Herrn Kunz, und seiner Gemahlin, der Dame Heloise, Tochter des Landdrosts und Schwester des Präsidenten, andrer glänzender Herren und Damen, Jagdjunker und Hofherren, die dabei waren, nicht zu erwähnen, zu einem großen Hirschjagen, das man, um ihn zu erheitern, angestellt hatte, nach Dahme gereist war; dergestalt, dass unter dem Dach bewimpelter Zelte, die quer über die Straße auf einem Hügel erbaut waren, die ganze Gesellschaft vom Staub der Jagd noch bedeckt unter dem Schall einer heitern vom Stamm einer Eiche herschallenden Musik, von Pagen bedient und Edelknaben, an der Tafel saß, als der Rosshändler langsam mit seiner Reuterbedeckung[93] die Straße von Dresden dahergezogen kam. Denn die Erkrankung eines der kleinen, zarten Kinder des Kohlhaas, hatte den Ritter von Malzahn, der ihn begleitete, genötigt, drei Tage lang in Herzberg zurückzubleiben; von welcher Maßregel er, dem Fürsten dem er diente deshalb allein verantwortlich, nicht nötig befunden hatte, der Regierung zu Dresden weitere Kenntnis zu geben. Der Kurfürst, der mit halb offener Brust, den Federhut, nach Art der Jäger, mit Tannenzweigen geschmückt, neben der Dame Heloise saß, die, in Zeiten früherer Jugend, seine erste Liebe gewesen war, sagte von der Anmut des Festes, das ihn umgaukelte, heiter gestimmt: »Lasset uns hingehen, und dem Unglücklichen wer es auch sei, diesen Becher mit Wein reichen!« Die Dame Heloise, mit einem herzlichen Blick auf ihn, stand sogleich auf, und füllte, die ganze Tafel plündernd, ein silbernes Geschirr, das ihr ein Page reichte, mit Früchten, Kuchen und Brot an; und schon hatte, mit Erquickungen jeglicher Art, die ganze Gesellschaft wimmelnd das Zelt verlassen, als der Landdrost ihnen mit einem verlegenen Gesicht entgegenkam, und sie bat zurückzubleiben. Auf

---

92 vergleichbar einem heutigen Landrat
93 Reiterbewachung

die betretene Frage des Kurfürsten was vorgefallen wäre, dass er so
bestürzt sei? antwortete der Landdrost stotternd gegen den Kämmerer gewandt, dass der Kohlhaas im Wagen sei; auf welche jedermann unbegreifliche Nachricht, indem weltbekannt war, dass derselbe bereits vor sechs Tagen abgereist war, der Kämmerer, Herr   5
Kunz, seinen Becher mit Wein nahm, und ihn, mit einer Rückwen-
dung gegen das Zelt, in den Sand schüttete. Der Kurfürst setzte,
über und über rot, den seinigen auf einen Teller, den ihm ein Edel-
knabe auf den Wink des Kämmerers zu diesem Zweck vorhielt;
und während der Ritter Friedrich von Malzahn, unter ehrfurchts-   10
voller Begrüßung der Gesellschaft, die er nicht kannte, langsam
durch die Zeltleinen, die über die Straßen liefen, nach Dahme wei-
terzog, begaben sich die Herrschaften, auf die Einladung des Landdrosts, ohne weiter davon Notiz zu nehmen, ins Zelt zurück. Der
Landdrost, sobald sich der Kurfürst niedergelassen hatte, schickte   15
unter der Hand nach Dahme, um bei dem Magistrat daselbst die
unmittelbare Weiterschaffung des Rosshändlers bewirken zu lassen; doch da der Ritter, wegen bereits zu weit vorgerückter Tages-
zeit, bestimmt in dem Ort übernachten zu wollen erklärte, so
musste man sich begnügen, ihn in einer dem Magistrat zugehöri-   20
gen Meierei[94], die, in Gebüschen versteckt, auf der Seite lag, ge-
räuschlos unterzubringen. Nun begab es sich, dass gegen Abend,
da die Herrschaften vom Wein und dem Genuss eines üppigen
Nachtisches zerstreut, den ganzen Vorfall wieder vergessen hatten,
der Landdrost den Gedanken auf die Bahn brachte, sich noch ein-   25
mal, eines Rudels Hirsche wegen, der sich hatte blicken lassen, auf
den Anstand[95] zu stellen, welchen Vorschlag die ganze Gesellschaft
mit Freuden ergriff, und paarweise nachdem sie sich mit Büchsen
versorgt, über Gräben und Hecken in die nahe Forst eilte: dergestalt, dass der Kurfürst und die Dame Heloise, die sich, um dem   30
Schauspiel beizuwohnen, an seinen Arm hing, von einem Boten,
den man ihnen zugeordnet hatte, unmittelbar, zu ihrem Erstaunen, durch den Hof des Hauses geführt wurden, in welchem Kohlhaas mit den brandenburgischen Reutern befindlich war. Die
Dame als sie dies hörte, sagte:»kommt, gnädigster Herr, kommt!«   35
und versteckte die Kette, die ihm vom Halse herabhing, schäkernd

---

94 Gehöft
95 Jagdplatz

in seinen seidenen Brustlatz: »lasst uns ehe der Tross nachkömmt in die Meierei schleichen, und den wunderlichen Mann, der darin übernachtet, betrachten!« Der Kurfürst, indem er errötend ihre Hand ergriff, sagte: Heloise!, was fällt Euch ein? Doch da sie, indem
5 sie ihn betreten ansah, versetzte: »dass ihn ja in der Jägertracht, die ihn decke, kein Mensch erkenne!« und ihn fortzog; und in eben diesem Augenblick ein paar Jagdjunker, die ihre Neugierde schon befriedigt hatten, aus dem Hause heraustraten, versichernd, dass in der Tat, vermöge einer Veranstaltung, die der Landdroste getrof-
10 fen, weder der Ritter noch der Rosshändler wisse, welche Gesellschaft in der Gegend von Dahme versammelt sei; so drückte der Kurfürst sich den Hut lächelnd in die Augen, und sagte: »Torheit, du regierst die Welt, und dein Sitz ist ein schöner weiblicher Mund!« – Es traf sich dass Kohlhaas eben mit dem Rücken gegen
15 die Wand auf einem Bund Stroh saß, und sein, ihm in Herzberg erkranktes Kind mit Semmel und Milch fütterte, als die Herrschaften, um ihn zu besuchen, in die Meierei traten; und da die Dame ihn, um ein Gespräch einzuleiten, fragte: wer er sei? und was dem Kind fehle? auch was er verbrochen und wohin man ihn unter
20 solcher Bedeckung abführe? so rückte er seine lederne Mütze vor ihr, und gab ihr auf alle diese Fragen, indem er sein Geschäft fortsetzte, unreichliche aber befriedigende Antwort. Der Kurfürst, der hinter den Jagdjunkern stand, und eine kleine bleierne Kapsel, die ihm an einem seidenen Faden vom Hals herabhing, bemerkte,
25 fragte ihn, da sich gerade nichts Besseres zur Unterhaltung darbot: was diese zu bedeuten hätte und was darin befindlich wäre? Kohlhaas erwiderte: »ja, gestrenger Herr, diese Kapsel!« – und damit streifte er sie vom Nacken ab, öffnete sie und nahm einen kleinen mit Mundlack[96] versiegelten Zettel heraus – »mit dieser Kapsel hat
30 es eine wunderliche Bewandtnis! Sieben Monden mögen es etwa sein, genau am Tage nach dem Begräbnis meiner Frau; und von Kohlhaasenbrück, wie Euch vielleicht bekannt sein wird, war ich aufgebrochen, um des Junkers von Tronka, der mir viel Unrecht zugefügt, habhaft zu werden, als um einer Verhandlung willen, die
35 mir unbekannt ist, der Kurfürst von Sachsen und der Kurfürst von Brandenburg in Jüterbock, einem Marktflecken, durch den der Streifzug mich führte, eine Zusammenkunft hielten; und da sie

---

96 mit dem Mund zu befeuchtender Siegellack

sich gegen Abend ihren Wünschen gemäß vereinigt hatten, so gingen sie, in freundschaftlichem Gespräch, durch die Straßen der Stadt, um den Jahrmarkt, der eben darin fröhlich abgehalten ward, in Augenschein zu nehmen. Da trafen sie auf eine Zigeunerin, die, auf einem Schemel sitzend, dem Volk, das sie umringte, aus dem Kalender wahrsagte, und fragten sie scherzhafter Weise: ob sie ihnen nicht auch etwas, das ihnen lieb wäre, zu eröffnen hätte? Ich, der mit meinem Haufen eben in einem Wirtshaus abgestiegen, und auf dem Platz, wo dieser Vorfall sich zutrug, gegenwärtig war, konnte hinter allem Volk, am Eingang einer Kirche, wo ich stand, nicht vernehmen, was die wunderliche Frau den Herren sagte; dergestalt, dass, da die Leute lachend einander zuflüsterten, sie teile nicht jedermann ihre Wissenschaft mit, und sich des Schauspiels wegen das sich bereitete, sehr bedrängten, ich, weniger neugierig, in der Tat, als um den Neugierigen Platz zu machen, auf eine Bank stieg, die hinter mir im Kircheneingange ausgehauen war. Kaum hatte ich von diesem Standpunkt aus, mit völliger Freiheit der Aussicht, die Herrschaften und das Weib, das auf dem Schemel vor ihnen saß und etwas aufzukritzeln schien, erblickt: da steht sie plötzlich auf ihre Krücken gelehnt, indem sie sich im Volk umsieht, auf; fasst mich, der nie ein Wort mit ihr wechselte, noch ihrer Wissenschaft zeit seines Lebens begehrte, ins Auge; drängte sich durch den ganzen dichten Auflauf der Menschen zu mir heran und spricht: ›da! wenn es der Herr wissen will, so mag er dich danach fragen!‹ Und damit, gestrenger Herr, reichte sie mir mit ihren dürren knöchernen Händen diesen Zettel dar. Und da ich betreten, während sich alles Volk zu mir umwendet, spreche: ›Mütterchen, was auch verehrst du mir da? antwortet sie, nach vielem unvernehmlichen Zeug, worunter ich jedoch zu meinem großen Befremden meinen Namen höre: ›ein Amulett, Kohlhaas, der Rosshändler; verwahr es wohl, es wird dir dereinst das Leben retten!‹ und verschwindet. – Nun!« fuhr Kohlhaas gutmütig fort: »die Wahrheit zu gestehen, hats mir in Dresden, so scharf es herging, das Leben nicht gekostet; und wie es mir in Berlin gehen wird, und ob ich auch dort damit bestehen werde, soll die Zukunft lehren.« – Bei diesen Worten setzte sich der Kurfürst auf eine Bank; und ob er schon auf die betretne Frage der Dame: was ihm fehle? antwortete: nichts, gar nichts! so fiel er doch schon ohnmächtig auf den Boden

Die Bedeutung d. Amuletts

nieder, ehe sie noch Zeit hatte ihm beizuspringen, und in ihre Arme aufzunehmen. Der Ritter von Malzahn, der in eben diesem Augenblick, eines Geschäfts halber, ins Zimmer trat, sprach: heiliger Gott!, was fehlt dem Herrn? Die Dame rief: schafft Wasser her!
5 Die Jagdjunker hoben ihn auf und trugen ihn auf ein im Nebenzimmer befindliches Bett, und die Bestürzung erreichte ihren Gipfel, als der Kämmerer, den ein Page herbeirief, nach mehreren vergeblichen Bemühungen, ihn ins Leben zurückzubringen, erklärte: er gebe alle Zeichen von sich, als ob ihn der Schlag gerührt! Der
10 Landdrost, während der Mundschenk einen reitenden Boten nach Luckau schickte, um einen Arzt herbeizuholen, ließ ihn, da er die Augen aufschlug, in einen Wagen bringen, und Schritt vor Schritt nach seinem in der Gegend befindlichen Jagdschloss abführen; aber diese Reise zog ihm, nach seiner Ankunft daselbst, zwei neue
15 Ohnmachten zu: dergestalt, dass er sich erst spät am andern Morgen, bei der Ankunft des Arztes aus Luckau, unter gleichwohl entscheidenden Symptomen eines herannahenden Nervenfiebers, einigermaßen erholte. Sobald er seiner Sinne mächtig geworden war, richtete er sich halb im Bette auf, und seine erste Frage war
20 gleich: wo der Kohlhaas sei? Der Kämmerer, der seine Frage missverstand, sagte, indem er seine Hand ergriff: dass er sich dieses entsetzlichen Menschen wegen beruhigen möchte, indem derselbe, seiner Bestimmung gemäß, nach jenem sonderbaren und unbegreiflichen Vorfall, in der Meierei zu Dahme, unter brandenbur-
25 gischer Bedeckung, zurückgeblieben wäre. Er fragte ihn, unter der Versicherung seiner lebhaftesten Teilnahme und der Beteurung, dass er seiner Frau, wegen des unverantwortlichen Leichtsinns, ihn mit diesem Mann zusammenzubringen, die bittersten Vorwürfe gemacht hätte: was ihn denn so wunderbar und ungeheuer in
30 der Unterredung mit demselben ergriffen hätte? Der Kurfürst sagte: er müsse ihm nur gestehen, dass der Anblick eines nichtigen Zettels, den der Mann in einer bleiernen Kapsel mit sich führe, schuld an dem ganzen unangenehmen Zufall sei, der ihm zugestoßen. Er setzte noch mancherlei zur Erklärung dieses Umstands, das der
35 Kämmerer nicht verstand, hinzu; versicherte ihn plötzlich, indem er seine Hand zwischen die seinigen drückte, dass ihm der Besitz dieses Zettels von der äußersten Wichtigkeit sei; und bat ihn, unverzüglich aufzusitzen, nach Dahme zu reiten, und ihm den Zettel,

um welchen Preis es immer sei, von demselben zu erhandeln. Der Kämmerer, der Mühe hatte, seine Verlegenheit zu verbergen, versicherte ihn: dass, falls dieser Zettel einigen Wert für ihn hätte, nichts auf der Welt notwendiger wäre, als dem Kohlhaas diesen Umstand zu verschweigen; indem, sobald derselbe durch eine unvorsichtige Äußerung Kenntnis davon nähme, alle Reichtümer, die er besäße, nicht hinreichen würden, ihn aus den Händen dieses grimmigen, in seiner Rachsucht unersättlichen Kerls zu erkaufen. Er fügte, um ihn zu beruhigen, hinzu, dass man auf ein anderes Mittel denken müsse, und dass es vielleicht durch List, vermöge eines Dritten ganz Unbefangenen, indem der Bösewicht wahrscheinlich, an und für sich, nicht sehr daran hänge, möglich sein würde, sich den Besitz des Zettels, an dem ihm so viel gelegen sei, zu verschaffen. Der Kurfürst, indem er sich den Schweiß abtrocknete, fragte: ob man nicht unmittelbar zu diesem Zweck nach Dahme schicken, und den weiteren Transport des Rosshändlers, vorläufig, bis man des Blattes, auf welche Weise es sei, habhaft geworden, einstellen könne? Der Kämmerer, der seinen Sinnen nicht traute, versetzte: dass leider allen wahrscheinlichen Berechnungen zufolge, der Rosshändler Dahme bereits verlassen haben, und sich jenseits der Grenze, auf brandenburgischem Grund und Boden befinden müsse, wo das Unternehmen, die Fortschaffung desselben zu hemmen, oder wohl gar rückgängig zu machen, die unangenehmsten und weitläufigsten, ja solche Schwierigkeiten, die vielleicht gar nicht zu beseitigen wären, veranlassen würde. Er fragte ihn, da der Kurfürst sich schweigend, mit der Gebärde eines ganz Hoffnungslosen, auf das Kissen zurücklegte: was denn der Zettel enthalte? und durch welchen Zufall befremdlicher und unerklärlicher Art ihm, dass der Inhalt ihn betreffe, bekannt sei? Hierauf aber, unter zweideutigen Blicken auf den Kämmerer, dessen Willfährigkeit[97] er in diesem Falle misstraute, antwortete der Kurfürst nicht: starr, mit unruhig klopfendem Herzen lag er da, und sah auf die Spitze des Schnupftuchs nieder, das er gedankenvoll zwischen den Händen hielt; und bat ihn plötzlich, den Jagdjunker vom Stein, einen jungen, rüstigen und gewandten Herrn, dessen er sich öfter schon zu geheimen Geschäften bedient hatte, unter dem Vorwand, dass er ein anderweitiges Geschäft mit ihm

---

97 Unterwürfigkeit

abzumachen habe, ins Zimmer zu rufen. Den Jagdjunker, nachdem er ihm die Sache auseinandergelegt, und von der Wichtigkeit
des Zettels, in dessen Besitz der Kohlhaas war, unterrichtet hatte,
fragte er, ob er sich ein ewiges Recht auf seine Freundschaft erwer-
ben, und ihm den Zettel, noch ehe derselbe Berlin erreicht, verschaffen wolle? und da der Junker, sobald er das Verhältnis nur,
sonderbar wie es war, einigermaßen überschaute, versicherte, dass
er ihm mit allen seinen Kräften zu Diensten stehe: so trug ihm der
Kurfürst auf, dem Kohlhaas nachzureiten, und ihm, da demselben
mit Geld wahrscheinlich nicht beizukommen sei, in einer mit
Klugheit angeordneten Unterredung, Freiheit und Leben dafür an-
zubieten, ja ihm, wenn er darauf bestehe, unmittelbar, obschon
mit Vorsicht, zur Flucht aus den Händen der brandenburgischen
Reuter, die ihn transportierten, mit Pferden, Leuten und Geld an
die Hand zu gehen. Der Jagdjunker, nachdem er sich ein Blatt von
der Hand des Kurfürsten zur Beglaubigung ausgebeten, brach auch
sogleich mit einigen Knechten auf, und hatte, da er den Odem der
Pferde nicht sparte, das Glück, den Kohlhaas auf einem Grenzdorf
zu treffen, wo derselbe mit dem Ritter von Malzahn und seinen
fünf Kindern ein Mittagsmahl, das im Freien vor der Tür eines
Hauses angerichtet war, zu sich nahm. Der Ritter von Malzahn,
dem der Junker sich als einen Fremden, der bei seiner Durchreise
den seltsamen Mann, den er mit sich führe, in Augenschein zu
nehmen wünsche, vorstellte, nötigte ihn sogleich auf zuvorkom-
mende Art, indem er ihn mit dem Kohlhaas bekannt machte, an
der Tafel nieder; und da der Ritter in Geschäften der Abreise ab-
und zuging, die Reuter aber an einem, auf des Hauses anderer Seite
befindlichen Tisch, ihre Mahlzeit hielten: so traf sich die Gelegenheit bald, wo der Junker dem Rosshändler eröffnen konnte, wer er
sei, und in welchen besonderen Aufträgen er zu ihm komme. Der
Rosshändler, der bereits Rang und Namen dessen, der beim Anblick der in Rede stehenden Kapsel, in der Meierei zu Dahme in
Ohnmacht gefallen war, kannte, und der zur Krönung des Tau-
mels, in welchen ihn diese Entdeckung versetzt hatte, nichts bedurfte, als Einsicht in die Geheimnisse des Zettels, den er, um mancherlei Gründe willen, entschlossen war, aus bloßer Neugierde
nicht zu eröffnen: der Rosshändler sagte, eingedenk der unedel-
mütigen und unfürstlichen Behandlung, die er in Dresden, bei

seiner gänzlichen Bereitwilligkeit, alle nur möglichen Opfer zu bringen, hatte erfahren müssen: »dass er den Zettel behalten wolle.« Auf die Frage des Junkers: was ihn zu dieser sonderbaren Weigerung, da man ihm doch nichts Minderes, als Freiheit und Leben dafür anbiete, veranlasse? antwortete Kohlhaas: »Edler Herr! Wenn Euer Landesherr käme, und spräche, ich will mich, mit dem ganzen Tross derer, die mir das Zepter führen helfen, vernichten – vernichten, versteht Ihr, welches allerdings der größte Wunsch ist, den meine Seele hegt: so würde ich ihm doch den Zettel noch, der ihm mehr wert ist, als das Dasein, verweigern und sprechen: du kannst mich auf das Schafott[98] bringen, ich aber kann dir weh tun, und ich wills!« Und damit, im Antlitz den Tod, rief er einen Reuter herbei, unter der Aufforderung, ein gutes Stück Essen, das in der Schüssel übrig geblieben war, zu sich zu nehmen; und für den ganzen Rest der Stunde, die er im Flecken zubrachte, für den Junker, der an der Tafel saß, wie nicht vorhanden, wandte er sich erst wieder, als er den Wagen bestieg, mit einem Blick, der ihn abschiedlich grüßte, zu ihm zurück. – Der Zustand des Kurfürsten, als er diese Nachricht bekam, verschlimmerte sich in dem Grade, dass der Arzt, während drei verhängnisvoller Tage, seines Lebens wegen, das zu gleicher Zeit, von so vielen Seiten angegriffen ward, in der größesten Besorgnis war. Gleichwohl stellte er sich, durch die Kraft seiner natürlichen Gesundheit, nach dem Krankenlager einiger peinlich zugebrachten Wochen wieder her; dergestalt wenigstens, dass man ihn in einen Wagen bringen, und mit Kissen und Decken wohlversehen, nach Dresden zu seinen Regierungsgeschäften wieder zurückführen konnte. Sobald er in dieser Stadt angekommen war, ließ er den Prinzen Christiern von Meißen rufen, und fragte denselben: wie es mit der Abfertigung des Gerichtsrats Eibenmayer stünde, den man, als Anwalt in der Sache des Kohlhaas, nach Wien zu schicken gesonnen gewesen wäre, um kaiserlicher Majestät daselbst die Beschwerde wegen gebrochenen, kaiserlichen Landfriedens, vorzulegen? Der Prinz antwortete ihm: dass derselbe, dem, bei seiner Abreise nach Dahme hinterlassenen Befehl gemäß, gleich nach Ankunft des Rechtsgelehrten Zäuner, den der Kurfürst von Brandenburg als Anwalt nach Dresden geschickt hätte, um die Klage desselben, gegen den Junker Wenzel von Tronka, der Rappen

---

98 Hinrichtungsplatz

wegen, vor Gericht zu bringen, nach Wien abgegangen wäre. Der Kurfürst, indem er errötend an seinen Arbeitstisch trat, wunderte sich über diese Eilfertigkeit, indem er seines Wissens erklärt hätte, die definitive Abreise des Eibenmayer, wegen vorher notwendiger Rücksprache mit dem Doktor Luther, der dem Kohlhaas die Amnestie ausgewirkt[99], einem näheren und bestimmteren Befehl vorbehalten zu wollen. Dabei warf er einige Briefschaften und Akten, die auf dem Tisch lagen, mit dem Ausdruck zurückgehaltenen Unwillens, übereinander. Der Prinz, nach einer Pause, in welcher er ihn mit großen Augen ansah, versetzte, dass es ihm leid täte, wenn er seine Zufriedenheit in dieser Sache verfehlt habe; inzwischen könne er ihm den Beschluss des Staatsrats vorzeigen, worin ihm die Abschickung des Rechtsanwalts, zu dem besagten Zeitpunkt, zur Pflicht gemacht worden wäre. Er setzte hinzu, dass im Staatsrat von einer Rücksprache mit dem Doktor Luther, auf keine Weise die Rede gewesen wäre; dass es früherhin[100] vielleicht zweckmäßig gewesen sein möchte, diesen geistlichen Herrn, wegen der Verwendung, die er dem Kohlhaas angedeihen lassen, zu berücksichtigen, nicht aber jetzt mehr, nachdem man demselben die Amnestie vor den Augen der ganzen Welt gebrochen, ihn arretiert, und zur Verurteilung und Hinrichtung an die brandenburgischen Gerichte ausgeliefert hätte. Der Kurfürst sagte: das Versehen, den Eibenmayer abgeschickt zu haben, wäre auch in der Tat nicht groß; inzwischen wünsche er, dass derselbe vorläufig, bis auf weiteren Befehl, in seiner Eigenschaft als Ankläger zu Wien nicht aufträte, und bat den Prinzen, deshalb das Erforderliche unverzüglich durch einen Expressen[101], an ihn zu erlassen. Der Prinz antwortete: dass dieser Befehl leider um einen Tag zu spät käme, indem der Eibenmayer bereits nach einem Berichte, der eben heute eingelaufen, in seiner Qualität als Anwalt aufgetreten, und mit Einrichtung der Klage bei der Wiener Staatskanzlei vorgegangen wäre. Er setzte auf die betroffene Frage des Kurfürsten: wie dies überall in so kurzer Zeit möglich sei? hinzu: dass bereits, seit der Abreise dieses Mannes drei Wochen verstrichen wären, und dass die Instruktion[102], die er erhalten, ihm eine ungesäumte Abmachung dieses Geschäfts,

---

99 erwirkt, ermöglicht
100 zuvor
101 Eilboten

gleich nach seiner Ankunft in Wien zur Pflicht gemacht hätte. Eine Verzögerung, bemerkte der Prinz, würde in diesem Fall umso unschicklicher gewesen sein, da der brandenburgische Anwalt Zäuner, gegen den Junker Wenzel von Tronka mit dem trotzigsten Nachdruck verfahre, und bereits auf eine vorläufige Zurückzie- hung der Rappen, aus den Händen des Abdeckers, behufs ihrer künftigen Wiederherstellung, bei dem Gerichtshof angetragen, und auch aller Einwendungen der Gegenpart ungeachtet, durch- gesetzt habe. Der Kurfürst, indem er die Klingel zog, sagte: »gleich- viel! es hätte nichts zu bedeuten!« und nachdem er sich mit gleich- gültigen Fragen: wie es sonst in Dresden stehe? und was in seiner Abwesenheit vorgefallen sei? zu dem Prinzen zurückgewandt hatte: grüßte er ihn, unfähig seinen innersten Zustand zu verber- gen, mit der Hand, und entließ ihn. Er forderte ihm noch an dem- selben Tage schriftlich, unter dem Vorwande, dass er die Sache, ihrer politischen Wichtigkeit wegen, selbst bearbeiten wolle, die sämtlichen Kohlhaasischen Akten ab; und da ihm der Gedanke, denjenigen zu verderben, von dem er allein über die Geheimnisse des Zettels Auskunft erhalten konnte, unerträglich war: so verfass- te er einen eigenhändigen Brief an den Kaiser, worin er ihn auf herzliche und dringende Weise bat, aus wichtigen Gründen, die er ihm vielleicht in kurzer Zeit bestimmter auseinander legen würde, die Klage, die der Eibenmayer gegen den Kohlhaas eingereicht, vorläufig bis auf einen weiteren Beschluss, zurücknehmen zu dür- fen. Der Kaiser, in einer durch die Staatskanzlei ausgefertigten Note, antwortete ihm:»dass der Wechsel, der plötzlich in seiner Brust vorgegangen zu sein scheine, ihn aufs Äußerste befremde; dass der sächsischerseits an ihn erlassene Bericht, die Sache des Kohlhaas zu einer Angelegenheit gesamten Heiligen Römischen Reichs gemacht hätte; dass demgemäß er, der Kaiser, als Oberhaupt desselben, sich verpflichtet gesehen hätte, als Ankläger in dieser Sache bei dem Hause Brandenburg aufzutreten; dergestalt, dass da bereits der Hof-Assessor Franz Müller, in der Eigenschaft als Anwalt nach Berlin gegangen wäre, um den Kohlhaas daselbst, wegen Ver- letzung des öffentlichen Landfriedens, zur Rechenschaft zu zie- hen, die Beschwerde nunmehr auf keine Weise zurückgenommen werden könne, und die Sache den Gesetzen gemäß, ihren weiteren

---

102 Anweisung

Fortgang nehmen müsse.« Dieser Brief schlug den Kurfürsten völlig nieder; und da, zu seiner äußersten Betrübnis, in einiger Zeit Privatschreiben aus Berlin einliefen, in welchen die Einleitung des Prozesses bei dem Kammergericht gemeldet, und bemerkt ward, dass der Kohlhaas wahrscheinlich, allen Bemühungen des ihm zugeordneten Advokaten ungeachtet, auf dem Schafott enden werde: so beschloss dieser unglückliche Herr noch einen Versuch zu machen, und bat den Kurfürsten von Brandenburg, in einer eigenhändigen Zuschrift, um des Rosshändlers Leben. Er schützte vor, dass die Amnestie, die man diesem Manne angelobt, die Vollstreckung eines Todesurteils an demselben, füglicher Weise[103], nicht zulasse; versicherte ihn, dass es, trotz der scheinbaren Strenge, mit welcher man gegen ihn verfahren, nie seine Absicht gewesen wäre, ihn sterben zu lassen; und beschrieb ihm, wie trostlos er sein würde, wenn der Schutz, den man vorgegeben hätte, ihm von Berlin aus angedeihen lassen zu wollen, zuletzt, in einer unerwarteten Wendung, zu seinem größeren Nachteil ausschlüge, als wenn er in Dresden geblieben, und seine Sache nach sächsischen Gesetzen entschieden worden wäre. Der Kurfürst von Brandenburg, dem in dieser Angabe mancherlei zweideutig und unklar schien, antwortete ihm: »dass der Nachdruck, mit welchem der Anwalt kaiserlicher Majestät verführe, platterdings nicht erlaube, dem Wunsch, den er ihm geäußert, gemäß, von der strengen Vorschrift der Gesetze abzuweichen. Er bemerkte, dass die ihm vorgelegte Besorgnis in der Tat zu weit ginge, indem die Beschwerde, wegen der dem Kohlhaas in der Amnestie verziehenen Verbrechen ja nicht von ihm, der demselben die Amnestie erteilt, sondern von dem Reichsoberhaupt, das daran auf keine Weise gebunden sei, bei dem Kammergericht zu Berlin anhängig gemacht worden wäre. Dabei stellte er ihm vor, wie notwendig bei den fortdauernden Gewalttätigkeiten des Nagelschmidt, die sich sogar schon, mit unerhörter Dreistigkeit, bis aufs brandenburgische Gebiet erstreckten, die Statuierung[104] eines abschreckenden Beispiels wäre, und bat ihn, falls er dies alles nicht berücksichtigen wolle, sich an des Kaisers Majestät selbst zu wenden, indem, wenn dem Kohlhaas zu Gunsten ein Machtspruch fallen sollte, dies allein auf eine Erklärung von dieser

---

103 rechtmäßig
104 Feststellung

Seite her geschehen könne.« Der Kurfürst, aus Gram und Ärger über alle diese missglückten Versuche, verfiel in eine neue Krankheit; und da der Kämmerer ihn an einem Morgen besuchte, zeigte er ihm die Briefe, die er, um dem Kohlhaas das Leben zu fristen, und somit wenigstens Zeit zu gewinnen, des Zettels, den er besäße, habhaft zu werden, an den Wiener und Berliner Hof erlassen. Der Kämmerer warf sich auf Knien vor ihm nieder, und bat ihn, um alles was ihm heilig und teuer sei, ihm zu sagen, was dieser Zettel enthalte? Der Kurfürst sprach, er möchte das Zimmer verriegeln, und sich auf das Bett niedersetzen; und nachdem er seine Hand ergriffen, und mit einem Seufzer an sein Herz gedrückt hatte, begann er folgendergestalt: »Deine Frau hat dir, wie ich höre, schon erzählt, dass der <u>Kurfürst von Brandenburg</u> und ich, am dritten Tage der Zusammenkunft, die wir in Jüterbock hielten, auf eine Zigeunerin trafen; und da der Kurfürst, aufgeweckt wie er von Natur ist, beschloss, den Ruf dieser abenteuerlichen Frau, von deren Kunst, eben bei der Tafel, auf ungebührliche Weise die Rede gewesen war, durch einen Scherz im Angesicht alles Volks zunichte zu machen: so trat er mit verschränkten Armen vor ihren Tisch, und forderte, der Weissagung wegen, die sie ihm machen sollte, ein Zeichen von ihr, das sich noch heute erproben ließe, vorschützend, dass er sonst nicht, und wäre sie auch die römische Sibylle[105] selbst, an ihre Worte glauben könne. Die Frau, indem sie uns flüchtig von Kopf zu Fuß maß, sagte: das Zeichen würde sein, dass uns der <u>große, gehörnte Rehbock,</u> den der Sohn des Gärtners im Park erzog, <u>auf dem Markt, worauf wir uns befanden, bevor wir ihn noch verlassen, entgegenkommen würde.</u> Nun musst du wissen, dass dieser, für die Dresdner Küche bestimmte Rehbock, in einem mit Latten hoch verzäunten Verschlage, den die Eichen des Parks beschatteten, hinter Schloss und Riegel aufbewahrt ward, dergestalt, dass, da überdies anderen kleineren Wildes und Geflügels wegen, der Park überhaupt und obenein[106] der Garten, der zu ihm führte, in sorgfältigem Beschluss gehalten[107] ward, schlechterdings nicht abzusehen war, wie uns das Tier, diesem sonderbaren Vorgeben gemäß, bis auf dem Platz, wo wir standen, entgegenkommen

---

105 in der Antike weissagende Frau
106 überdies
107 verschlossen halten

würde; gleichwohl schickte der Kurfürst aus Besorgnis vor einer
dahintersteckenden Schelmerei, nach einer kurzen Abrede mit
mir, entschlossen, auf unabänderliche Weise, alles, was sie noch
vorbringen würde, des Spaßes wegen, zuschanden zu machen, ins
5 Schloss, und befahl, dass der Rehbock augenblicklich getötet, und
für die Tafel, an einem der nächsten Tage, zubereitet werden solle.
Hierauf wandte er sich zu der Frau, vor welcher diese Sache laut
verhandelt worden war, zurück, und sagte: nun, wohlan! was hast
du mir für die Zukunft zu entdecken? Die Frau, indem sie in seine
10 Hand sah, sprach: Heil meinem Kurfürsten und Herrn! Deine Gna-
den wird lange regieren, das Haus, aus dem du stammst, lange
bestehen und deine Nachkommen groß und herrlich werden und
zu Macht gelangen, vor allen Fürsten und Herren der Welt! Der
Kurfürst, nach einer Pause, in welcher er die Frau gedankenvoll
15 ansah, sagte halblaut, mit einem Schritte, den er zu mir tat, dass es
ihm jetzo fast leid täte, einen Boten abgeschickt zu haben, um die
Weissagung zunichte zu machen; und während das Geld aus den
Händen der Ritter, die ihm folgten, der Frau haufenweis, unter
vielem Jubel, in den Schoß regnete, fragte er sie, indem er selbst in
20 die Tasche griff, und ein Goldstück dazulegte: ob der Gruß, den sie
mir zu eröffnen hätte, auch von so silbernem Klang wäre, als der
seinige? Die Frau, nachdem sie einen Kasten, der ihr zur Seite
stand, aufgemacht, und das Geld, nach Sorte und Menge, weitläufig und umständlich darin geordnet, und den Kasten wieder ver-
25 schlossen hatte, schützte ihre Hand vor die Sonne, gleichsam als
ob sie ihr lästig wäre, und sah mich an; und da ich die Frage an sie
wiederholte, und, auf scherzhafte Weise, während sie meine Hand
prüfte, zum Kurfürsten sagte: *mir*, scheint es, hat sie nichts, das
eben angenehm wäre, zu verkündigen: so ergriff sie ihre Krücken,
30 hob sich langsam daran vom Schemel empor, und indem sie sich,
mit geheimnisvoll vorgehaltenen Händen, dicht zu mir heran-
drängte, flüsterte sie mir vernehmlich ins Ohr: nein! – So! sagt ich
verwirrt, und trat einen Schritt vor der Gestalt zurück, die sich, mit
einem Blick, kalt und leblos, wie aus marmornen Augen, auf den
35 Schemel, der hinter ihr stand, zurücksetzte: von welcher Seite her
droht meinem Hause Gefahr? Die Frau, indem sie eine Kohle und
ein Papier zur Hand nahm und ihre Knie kreuzte, fragte: ob sie es
mir aufschreiben solle? und da ich, verlegen in der Tat, bloß weil

mir, unter den bestehenden Umständen, nichts anders übrig blieb, antwortete: ja! das tu! so versetzte sie: ›wohlan! dreierlei schreib ich dir auf: <u>den Namen des letzten Regenten deines Hauses, die Jahreszahl, da er sein Reich verlieren, und den Namen dessen, der es, durch die Gewalt der Waffen, an sich reißen wird.</u>‹ Dies, vor den Augen alles Volks abgemacht, erhebt sie sich, verklebt den Zettel mit Lack, den sie in ihrem welken Munde befeuchtet, und drückt einen bleiernen, an ihrem Mittelfinger befindlichen Siegelring darauf. Und da ich den Zettel, neugierig, wie du leicht begreifst, mehr als Worte sagen können, erfassen will, spricht sie: ›mitnichten, Hoheit!‹ und wendet sich und hebt ihrer Krücken eine empor: ›von jenem Mann dort, der, mit dem Federhut, auf der Bank steht, hinter allem Volk, am Kircheneingang, lösest du, wenn es dir beliebt, den Zettel ein!‹ Und damit, ehe ich noch recht begriffen, was sie sagt, auf dem Platz, vor Erstaunen sprachlos, lässt sie mich stehen; und während sie den Kasten, der hinter ihr stand, zusammenschlug, und über den Rücken warf, mischt sie sich, ohne dass ich weiter bemerken konnte, was sie tut, unter den Haufen des uns umringenden Volks. Nun trat, zu meinem in der Tat herzlichen Trost, in eben diesem Augenblick der Ritter auf, den der Kurfürst ins Schloss geschickt hatte, und meldete ihm, mit lachendem Munde, dass der Rehbock getötet, und durch zwei Jäger, vor seinen Augen, in die Küche geschleppt worden sei. Der Kurfürst, indem er seinen Arm munter in den meinigen legte, in der Absicht, mich von dem Platz hinwegzuführen, sagte: nun, wohlan! so war die Prophezeiung eine alltägliche Gaunerei, und Zeit und Gold, die sie uns gekostet nicht wert! Aber wie groß war unser Erstaunen, da sich, noch während dieser Worte, ein Geschrei rings auf dem Platze erhob, und aller Augen sich einem großen, vom Schlosshof herantrabenden Schlächterhund zuwandten, der in der Küche den Rehbock als gute Beute beim Nacken erfasst, und das Tier drei Schritte von uns, verfolgt von Knechten und Mägden, auf den Boden fallen ließ: dergestalt, dass in der Tat die Prophezeiung des Weibes, zum Unterpfand alles dessen, was sie vorgebracht hatte, erfüllt, und der Rehbock uns bis auf den Markt, obschon allerdings tot, entgegengekommen war. Der Blitz, der an einem Wintertag vom Himmel fällt, kann nicht vernichtender treffen, als mich dieser Anblick, und meine erste Bemühung, sobald ich der Gesellschaft in der ich mich befand, überhoben, war gleich, den Mann mit dem Federhut, den mir das Weib bezeichnet hatte, auszumitteln[108]; doch keiner meiner Leute, unausgesetzt während drei Tage auf Kundschaft geschickt, war imstande mir auch nur auf die entfernteste Weise Nachricht davon zu geben: und jetzt, Freund Kunz, vor wenig Wochen, in der Meierei zu Dahme, habe ich den Mann mit meinen eigenen Augen gesehn.« – Und damit ließ er die Hand des Kämmerers fahren; und während er sich den Schweiß abtrocknete, sank er wieder auf das Lager zurück. Der Kämmerer, der es für vergebliche Mühe hielt, mit seiner Ansicht von diesem Vorfall die Ansicht, die der Kurfürst davon hatte, zu durchkreuzen und zu berichtigen, bat ihn, doch irgendein Mittel zu versuchen, des Zettels habhaft zu werden, und den Kerl nachher seinem Schicksal zu überlassen; doch der Kurfürst antwortete, dass er platterdings kein Mittel dazu sähe, obschon der Gedanke, ihn entbehren zu müssen, oder wohl gar die Wissenschaft davon mit diesem Menschen untergehen zu sehen, ihn dem Jammer und der Verzweiflung nahe brächte. Auf die Frage des Freundes: ob er denn Versuche gemacht, die Person der Zigeunerin selbst auszuforschen? erwiderte der Kurfürst, dass das Gubernium, auf einen Befehl, den er unter einem falschen Vorwand an dasselbe erlassen, diesem Weibe vergebens, bis auf den heutigen Tag, in allen Plätzen des Kurfürstentums nachspüre: wobei er, aus Gründen, die er jedoch näher zu entwickeln sich weigerte, überhaupt zweifelte, dass sie in Sachsen auszumitteln sei. Nun traf es sich, dass der Kämmerer, mehrerer beträchtlicher Güter wegen, die seiner Frau aus der Hinterlassenschaft des abgesetzten und bald darauf verstorbenen Erzkanzlers, Grafen Kallheim, in der Neumark zugefallen waren, nach Berlin reisen wollte; dergestalt, dass, da er den Kurfürsten in der Tat liebte, ihn nach einer kurzen Überlegung fragte: ob er ihm in dieser Sache freie Hand lassen wolle? und da dieser, indem er seine Hand herzlich an seine Brust drückte, antwortete: »denke, du seist ich, und schaff mir den Zettel!« so beschleunigte der Kämmerer, nachdem er seine Geschäfte abgegeben, um einige Tage seine Abreise, und fuhr, mit Zurücklassung seiner Frau, bloß von einigen Bedienten begleitet, nach Berlin ab.

---

108 ermitteln

Kohlhaas, der inzwischen, wie schon gesagt, in Berlin angekommen, und, auf einen Spezialbefehl des Kurfürsten, in ein ritterliches Gefängnis gebracht worden war, das ihn mit seinen fünf Kindern, so bequem als es sich tun ließ, empfing, war gleich nach Erscheinung des kaiserlichen Anwalts aus Wien, auf den Grund wegen Verletzung des öffentlichen, kaiserlichen Landfriedens, vor den Schranken des Kammergerichts zur Rechenschaft gezogen worden; und ob er schon in seiner Verantwortung einwandte, dass er wegen seines bewaffneten Einfalls in Sachsen, und der dabei verübten Gewalttätigkeiten, kraft des mit dem Kurfürsten von Sachsen in Lützen abgeschlossenen Vergleichs, nicht belangt werden könne: so erfuhr er doch, zu seiner Belehrung, dass des Kaisers Majestät, deren Anwalt hier die Beschwerde führe, darauf keine Rücksicht nehmen könne: ließ sich auch sehr bald, da man ihm die Sache auseinander setzte und erklärte, wie ihm dagegen von Dresden her, in seiner Sache gegen den Junker Wenzel von Tronka, völlige Genugtuung widerfahren werde, die Sache gefallen. Demnach traf es sich, dass gerade am Tage der Ankunft des Kämmerers, das Gesetz über ihn sprach, und er verurteilt ward mit dem Schwerte vom Leben zum Tode gebracht zu werden; ein Urteil, an dessen Vollstreckung gleichwohl, bei der verwickelten Lage der Dinge, seiner Milde ungeachtet, niemand glaubte, ja, das die ganze Stadt, bei dem Wohlwollen das der Kurfürst für den Kohlhaas trug, unfehlbar durch ein Machtwort desselben, in eine bloße, vielleicht beschwerliche und langwierige Gefängnisstrafe verwandelt zu sehen hoffte. Der Kämmerer, der gleichwohl einsah, dass keine Zeit zu verlieren sein möchte, falls der Auftrag, den ihm sein Herr gegeben, in Erfüllung gehen sollte, fing sein Geschäft damit an, sich dem Kohlhaas, am Morgen eines Tages, da derselbe in harmloser Betrachtung der Vorübergehenden, am Fenster seines Gefängnisses stand, in seiner gewöhnlichen Hoftracht, genau und umständlich zu zeigen; und da er, aus einer plötzlichen Bewegung seines Kopfes, schloss, dass der Rosshändler ihn bemerkt hatte, und besonders, mit großem Vergnügen, einen unwillkürlichen Griff desselben mit der Hand auf die Gegend der Brust, wo die Kapsel lag, wahrnahm: so hielt er das, was in der Seele desselben in diesem Augenblick vorgegangen war, für eine hinlängliche Vorbereitung, um in dem Versuch, des Zettels habhaft zu werden,

einen Schritt weiter vorzurücken. Er bestellte ein altes, auf Krücken herumwandelndes Trödelweib zu sich, das er in den Straßen von Berlin, unter einem Tross andern, mit Lumpen handelnden Gesindels bemerkt hatte, und das ihm, dem Alter und der Tracht
5 nach, ziemlich mit dem, das ihm der Kurfürst beschrieben hatte, übereinzustimmen schien; und in der Voraussetzung, der Kohlhaas werde sich die Züge derjenigen, die ihm in einer flüchtigen Erscheinung den Zettel überreicht hatte, nicht eben tief eingeprägt haben, beschloss er, das gedachte Weib statt ihrer unterzu-
10 schieben, und bei Kohlhaas, wenn es sich tun ließe, die Rolle, als ob sie die Zigeunerin wäre, spielen zu lassen. Demgemäß, um sie dazu in Stand zu setzen, unterrichtete er sie umständlich von allem, was zwischen dem Kurfürsten und der gedachten Zigeunerin in Jüterbock vorgefallen war, wobei er, weil er nicht wusste, wie
15 weit das Weib in ihren Eröffnungen gegen den Kohlhaas gegangen war, nicht vergaß, ihr besonders die drei geheimnisvollen, in dem Zettel enthaltenen Artikel einzuschärfen; und nachdem er ihr auseinander gesetzt hatte, was sie, auf abgerissene und unverständliche Weise, fallen lassen müsse, gewisser Anstalten wegen, die man
20 getroffen, sei es durch List oder durch Gewalt, des Zettels, der dem sächsischen Hofe von der äußersten Wichtigkeit sei, habhaft zu werden, trug er ihr auf, dem Kohlhaas den Zettel, unter dem Vorwand, dass derselbe bei ihm nicht mehr sicher sei, zur Aufbewahrung während einiger verhängnisvollen Tage, abzufordern. Das
25 Trödelweib übernahm auch sogleich gegen die Verheißung einer beträchtlichen Belohnung, wovon der Kämmerer ihr auf ihre Forderung einen Teil im Voraus bezahlen musste, die Ausführung des besagten Geschäfts; und da die Mutter des bei Mühlberg gefallenen Knechts Herse, den Kohlhaas, mit Erlaubnis der Regierung,
30 zuweilen besuchte, diese Frau ihr aber seit einigen Monden her, bekannt war: so gelang es ihr, an einem der nächsten Tage, vermittelst einer kleinen Gabe an den Kerkermeister, sich bei dem Rosskamm Eingang zu verschaffen. – Kohlhaas aber, als diese Frau zu ihm eintrat, meinte, an einem Siegelring, den sie an der Hand
35 trug, und einer ihr vom Hals herabhangenden Korallenkette, die bekannte alte Zigeunerin selbst wiederzuerkennen, die ihm in Jüterbock den Zettel überreicht hatte; und wie denn die Wahrscheinlichkeit nicht immer auf Seiten der Wahrheit ist, so traf es sich,

dass hier etwas geschehen war, das wir zwar berichten: die Freiheit
aber, daran zu zweifeln, demjenigen, dem es wohlgefällt, zugeste-
hen müssen: der Kämmerer hatte den ungeheuersten Missgriff begangen, und in dem alten Trödelweib, das er in den Straßen von
Berlin aufgriff, um die Zigeunerin nachzuahmen, die geheimnis- 5
reiche Zigeunerin selbst getroffen, die er nachgeahmt wissen wollte. Wenigstens berichtete das Weib, indem sie, auf ihre Krücken
gestützt, die Wangen der Kinder streichelte, die sich, betroffen von
ihrem wunderlichen Anblick, an den Vater lehnten: dass sie schon
seit geraumer Zeit aus dem Sächsischen ins Brandenburgische zu- 10
rückgekehrt sei, und sich, auf eine, in den Straßen von Berlin un-
vorsichtig gewagte Frage des Kämmerers, nach der Zigeunerin, die
im Frühjahr des verflossenen Jahres, in Jüterbock gewesen, sogleich an ihn gedrängt, und, unter einem falschen Namen, zu
dem Geschäfte, das er besorgt wissen wollte, angetragen habe. Der 15
Rosshändler, der eine sonderbare Ähnlichkeit zwischen ihr und
seinem verstorbenen Weibe Lisbeth bemerkte, dergestalt, dass er
sie hätte fragen können, ob sie ihre Großmutter sei: denn nicht
nur, dass die Züge ihres Gesichts, ihre Hände, auch in ihrem knöchernen Bau noch schön, und besonders der Gebrauch, den sie 20
davon im Reden machte, ihn aufs Lebhafteste an sie erinnerten:
auch ein Mal, womit seiner Frauen Hals bezeichnet war, bemerkte
er an dem ihrigen – der Rosshändler nötigte sie, unter Gedanken,
die sich seltsam in ihm kreuzten, auf einen Stuhl nieder, und fragte, was sie in aller Welt in Geschäften des Kämmerers zu ihm 25
führe? Die Frau, während der alte Hund des Kohlhaas ihre Knie
umschnüffelte, und von ihrer Hand gekrault, mit dem Schwanz
wedelte, antwortete:»der Auftrag, den ihr der Kämmerer gegeben,
wäre, ihm zu eröffnen, auf welche drei dem sächsischen Hofe
wichtigen Fragen der Zettel geheimnisvolle Antwort enthalte; ihn 30
vor einem Abgesandten, der sich in Berlin befinde, um seiner habhaft zu werden, zu warnen: und ihm den Zettel, unter dem Vorwande, dass er an seiner Brust, wo er ihn trage, nicht mehr sicher
sei, abzufordern. Die Absicht aber, in der sie komme, sei, ihm zu
sagen, dass die Drohung ihn durch Arglist oder Gewalttätigkeit 35
um den Zettel zu bringen, abgeschmackt, und ein leeres Trugbild
sei; dass er unter dem Schutz des Kurfürsten von Brandenburg, in
dessen Verwahrsam er sich befinde, nicht das Mindeste für densel-

ben zu befürchten habe; ja, dass das Blatt bei ihm weit sicherer sei, als bei ihr, und dass er sich wohl hüten möchte, sich durch Ablieferung desselben, an wen und unter welchem Vorwand es auch sei, darum bringen zu lassen. – Gleichwohl schloss sie, dass sie es
5 für klug hielte, von dem Zettel den Gebrauch zu machen, zu welchem sie ihm denselben auf dem Jahrmarkt zu Jüterbock eingehändigt, dem Antrag, den man ihm auf der Grenze durch den Junker vom Stein gemacht, Gehör zu geben, und den Zettel, der ihm selbst weiter nichts nutzen könne, für Freiheit und Leben an
10 den Kurfürsten von Sachsen auszuliefern.« Kohlhaas, der über die Macht jauchzte, die ihm gegeben war, seines Feindes Ferse, in dem Augenblick, da sie ihn in den Staub trat, tödlich zu verwunden, antwortete: nicht um die Welt, Mütterchen, nicht um die Welt! und drückte der Alten Hand, und wollte nur wissen, was für Ant-
15 worten auf die ungeheuren Fragen im Zettel enthalten wären? Die Frau, inzwischen sie das Jüngste, das sich zu ihren Füßen niedergekauert hatte, auf den Schoß nahm, sprach: »nicht um die Welt, Kohlhaas, der Rosshändler; aber um diesen hübschen, kleinen, blonden Jungen!« und damit lachte sie ihn an, herzte und küsste
20 ihn, der sie mit großen Augen ansah, und reichte ihm, mit ihren dürren Händen, einen Apfel, den sie in ihrer Tasche trug, dar. Kohlhaas sagte verwirrt: dass die Kinder selbst, wenn sie groß wären, ihn, um seines Verfahrens loben würden, und dass er, für sie und ihre Enkel nichts Heilsameres tun könne, als den Zettel
25 behalten. Zudem fragte er, wer ihn, nach der Erfahrung, die er gemacht, vor einem neuen Betrug sicherstelle, und ob er nicht zuletzt, unnützerweise, den Zettel, wie jüngst den Kriegshaufen, den er in Lützen zusammengebracht, an den Kurfürsten aufopfern würde? »Wer mir sein Wort einmal gebrochen,« sprach er, »mit
30 dem wechsle ich keins mehr; und nur deine Forderung, bestimmt und unzweideutig, trennt mich, gutes Mütterchen, von dem Blatt, durch welches mir für alles, was ich erlitten, auf so wunderbare Weise Genugtuung geworden ist.« Die Frau, indem sie das Kind auf den Boden setzte, sagte: dass er in mancherlei Hinsicht Recht
35 hätte, und dass er tun und lassen könnte, was er wollte! Und damit nahm sie ihre Krücken wieder zur Hand und wollte gehn. Kohlhaas wiederholte seine Frage, den Inhalt des wunderbaren Zettels betreffend; er wünschte, da sie flüchtig antwortete: »dass er ihn ja

eröffnen könne, obschon es eine bloße Neugierde wäre,« noch über tausend andere Dinge, bevor sie ihn verließe, Aufschluss zu erhalten; wer sie eigentlich sei, woher sie zu der Wissenschaft, die ihr inwohne, komme, warum sie dem Kurfürsten, für den er doch geschrieben, den Zettel verweigert, und grade ihm, unter so vielen tausend Menschen, der ihrer Wissenschaft nie begehrt, das Wunderblatt überreicht habe? – Nun traf es sich, dass in eben diesem Augenblick ein Geräusch hörbar ward, das einige Polizei-Offizianten, die die Treppe heraufstiegen, verursachten; dergestalt, dass das Weib, von plötzlicher Besorgnis, in diesen Gemächern von ihnen betroffen zu werden, ergriffen, antwortete: »auf Wiedersehen Kohlhaas, auf Wiedersehn! Es soll dir, wenn wir uns wiedertreffen, an Kenntnis über dies alles nicht fehlen!« Und damit, indem sie sich gegen die Tür wandte, rief sie: »lebt wohl, Kinderchen, lebt wohl!« küsste das kleine Geschlecht[109] nach der Reihe, und ging ab.

Inzwischen hatte der Kurfürst von Sachsen, seinen jammervollen Gedanken preisgegeben, zwei Astrologen, namens Oldenholm und Olearius, welche damals in Sachsen in großem Ansehen standen, herbeigerufen, und wegen des Inhalts des geheimnisvollen, ihm und dem ganzen Geschlecht seiner Nachkommen so wichtigen Zettels zu Rate gezogen; und da die Männer, nach einer, mehrere Tage lang im Schlossturm zu Dresden fortgesetzten, tiefsinnigen Untersuchung, nicht einig werden konnten, ob die Prophezeiung sich auf späte Jahrhunderte oder aber auf die jetzige Zeit beziehe, und vielleicht die Krone Polen, mit welcher die Verhältnisse immer noch sehr kriegerisch waren, damit gemeint sei: so wurde durch solchen gelehrten Streit, statt sie zu zerstreuen, die Unruhe, um nicht zu sagen, Verzweiflung, in welcher sich dieser unglückliche Herr befand, nur geschärft, und zuletzt bis auf einen Grad, der seiner Seele ganz unerträglich war, vermehrt. Dazu kam, dass der Kämmerer um diese Zeit seiner Frau, die im Begriff stand, ihm nach Berlin zu folgen, auftrug, dem Kurfürsten, bevor sie abreiste, auf eine geschickte Art beizubringen, wie misslich es nach einem verunglückten Versuch, den er mit einem Weibe gemacht, das sich seitdem nicht wieder habe blicken lassen, mit der Hoffnung aussehe, des Zettels in dessen Besitz der Kohlhaas sei, habhaft zu wer-

---

109 Kinder

den, indem das über ihn gefällte Todesurteil, nunmehr, nach einer umständlichen Prüfung der Akten, von dem Kurfürsten von Brandenburg unterzeichnet, und der Hinrichtungstag bereits auf den Montag nach Palmarum[110] festgesetzt sei; auf welche Nachricht der Kurfürst sich, das Herz von Kummer und Reue zerrissen, gleich einem ganz Verlorenen, in seinem Zimmer verschloss, während zwei Tage, des Lebens satt, keine Speise zu sich nahm, und am dritten plötzlich, unter der kurzen Anzeige an das Gubernium, dass er zu dem Fürsten von Dessau auf die Jagd reise, aus Dresden verschwand. Wohin er eigentlich ging, und ob er sich nach Dessau wandte, lassen wir dahingestellt sein, indem die Chroniken, aus deren Vergleichung wir Bericht erstatten, an dieser Stelle, auf befremdende Weise, einander widersprechen und aufheben. Gewiss ist, dass der Fürst von Dessau, unfähig zu jagen, um diese Zeit krank in Braunschweig, bei seinem Oheim, dem Herzog Heinrich, lag, und dass die Dame Heloise, am Abend des folgenden Tages, in Gesellschaft eines Grafen von Königstein, den sie für ihren Vetter ausgab, bei dem Kämmerer Herrn Kunz, ihrem Gemahl, in Berlin eintraf. – Inzwischen war dem Kohlhaas, auf Befehl des Kurfürsten, das Todesurteil vorgelesen, die Ketten abgenommen, und die über sein Vermögen lautenden Papiere, die ihm in Dresden abgesprochen worden waren, wieder zugestellt worden; und da die Räte, die das Gericht an ihn abgeordnet hatte, ihn fragten, wie er es mit dem, was er besitze, nach seinem Tode gehalten wissen wolle: so verfertigte er, mit Hülfe eines Notars, zu seiner Kinder Gunsten ein Testament, und setzte den Amtmann zu Kohlhaasenbrück, seinen wackern Freund, zum Vormund derselben ein. Demnach glich nichts der Ruhe und Zufriedenheit seiner letzten Tage; denn auf eine sonderbare Spezialverordnung des Kurfürsten war bald darauf auch noch der Zwinger, in welchem er sich befand, eröffnet, und allen seinen Freunden, deren er sehr viele in der Stadt besaß, bei Tag und Nacht freier Zutritt zu ihm verstattet[111] worden. Ja, er hatte noch die Genugtuung, den Theologen Jakob Freising, als einen Abgesandten Doktor Luthers, mit einem eigenhändigen, ohne Zweifel sehr merkwürdigen Brief, der aber verloren gegangen ist, in sein Gefängnis treten zu sehen, und von diesem geistlichen

---

110 Sonntag vor Ostern (Palmsonntag)
111 erlaubt

Herrn in Gegenwart zweier brandenburgischen Dechanten[112], die
ihm an die Hand gingen, die Wohltat der heiligen Kommunion zu
empfangen. Hierauf erschien nun, unter einer allgemeinen Bewegung der Stadt, die sich immer noch nicht entwöhnen konnte, auf
ein Machtwort, das ihn rettete, zu hoffen, der verhängnisvolle   5
Montag nach Palmarum, an welchem er die Welt, wegen des allzu
raschen Versuchs, sich selbst in ihr Recht verschaffen zu wollen,
versöhnen sollte. Eben trat er, in Begleitung einer starken Wache,
seine beiden Knaben auf dem Arm (denn diese Vergünstigung
hatte er sich ausdrücklich vor den Schranken des Gerichts ausge-   10
beten), von dem Theologen Jakob Freising geführt, aus dem Tor
seines Gefängnisses, als unter einem wehmütigen Gewimmel von
Bekannten, die ihm die Hände drückten, und von ihm Abschied
nahmen, der Kastellan des kurfürstlichen Schlosses, verstört im
Gesicht, zu ihm herantrat, und ihm ein Blatt gab, das ihm, wie er   15
sagte, ein altes Weib für ihn eingehändigt. Kohlhaas, während er
den Mann der ihm nur wenig bekannt war, befremdet ansah, eröffnete das Blatt, dessen Siegelring ihn, im Mundlack ausgedrückt,
sogleich an die bekannte Zigeunerin erinnerte. Aber wer beschreibt
das Erstaunen, das ihn ergriff, als er folgende Nachricht darin fand: 20
»Kohlhaas, der Kurfürst von Sachsen ist in Berlin; auf den Richtplatz schon ist er vorangegangen, und wird, wenn dir daran liegt,
an einem Hut, mit blauen und weißen Federbüschen kenntlich
sein. Die Absicht, in der er kömmt, brauche ich dir nicht zu sagen;
er will die Kapsel, sobald du verscharrt bist, ausgraben, und den   25
Zettel, der darin befindlich ist, eröffnen lassen. – Deine Elisa-
beth.« – Kohlhaas, indem er sich auf das Äußerste bestürzt zu dem
Kastellan umwandte, fragte ihn: ob er das wunderbare Weib, das
ihm den Zettel übergeben, kenne? Doch da der Kastellan antwortete:»Kohlhaas, das Weib« – – und inmitten der Rede auf sonder-   30
bare Weise stockte, so konnte er, von dem Zuge, der in diesem
Augenblick wieder antrat, fortgerissen, nicht vernehmen, was der
Mann, der an allen Gliedern zu zittern schien, vorbrachte. – Als er
auf dem Richtplatz ankam, fand er den Kurfürsten von Brandenburg mit seinem Gefolge, worunter sich auch der Erzkanzler, Herr   35
Heinrich von Geusau befand, unter einer unermesslichen Menschenmenge, daselbst zu Pferde halten: ihm zur Rechten der kaiser-

---

112 hoher Kirchenvertreter

liche Anwalt Franz Müller, eine Abschrift des Todesurteils in der Hand; ihm zur Linken, mit dem Konklusum[113] des Dresdner Hofgerichts, sein eigener Anwalt, der Rechtsgelehrte Anton Zäuner; ein Herold in der Mitte des halb offenen Kreises, den das Volk
5 schloss, mit einem Bündel Sachen, und den beiden, von Wohlsein glänzenden, die Erde mit ihren Hufen stampfenden Rappen. Denn der Erzkanzler, Herr Heinrich, hatte die Klage, die er, im Namen seines Herrn, in Dresden anhängig gemacht, Punkt für Punkt, und ohne die mindeste Einschränkung gegen den Junker Wenzel von
10 Tronka, durchgesetzt; dergestalt, dass die Pferde, nachdem man sie durch Schwingung einer Fahne über ihre Häupter, ehrlich gemacht[114], und aus den Händen des Abdeckers, der sie ernährte, zurückgezogen hatte, von den Leuten des Junkers dickgefüttert, und in Gegenwart einer eigens dazu niedergesetzten Kommission,
15 dem Anwalt, auf dem Markt zu Dresden, übergeben worden waren. Demnach sprach der Kurfürst, als Kohlhaas von der Wache begleitet, auf den Hügel zu ihm heranschritt: Nun, Kohlhaas, heut ist der Tag, an dem dir dein Recht geschieht! Schau her, hier liefere ich dir alles, was du auf der Tronkenburg gewaltsamer Weise eingebüßt,
20 und was ich, als dein Landesherr, dir wieder zu verschaffen, schuldig war, zurück: Rappen, Halstuch, Reichsgulden, Wäsche, bis auf die Kurkosten sogar für deinen bei Mühlberg gefallenen Knecht Herse. Bist du mit mir zufrieden? – Kohlhaas, während er das, ihm auf den Wink des Erzkanzlers eingehändigte Konklusum, mit gro-
25 ßen, funkelnden Augen überlas, setzte die beiden Kinder, die er auf dem Arm trug, neben sich auf den Boden nieder; und da er auch einen Artikel darin fand, in welchem der Junker Wenzel zu zweijähriger Gefängnisstrafe verurteilt ward: so ließ er sich, aus der Ferne, ganz überwältigt von Gefühlen, mit kreuzweis auf die Brust
30 gelegten Händen, vor dem Kurfürsten nieder. Er versicherte freudig dem Erzkanzler, indem er aufstand, und die Hand auf seinen Schoß legte, dass sein höchster Wunsch auf Erden erfüllt sei; trat an die Pferde heran, musterte sie, und klopfte ihren feisten Hals; und erklärte dem Kanzler, indem er wieder zu ihm zurückkam, heiter:
35 »dass er sie seinen beiden Söhnen Heinrich und Leopold schenke!«

---

113 Beschluss
114 ursprünglich militärischer Brauch, mit dem Ehrlose wieder ehrbar gemacht wurden

Der Kanzler, Herr Heinrich von Geusau, vom Pferde herab mild zu
ihm gewandt, versprach ihm, in des Kurfürsten Namen, dass sein
letzter Wille heilig gehalten werden solle: und forderte ihn auf,
auch über die übrigen im Bündel befindlichen Sachen, nach seinem Gutdünken zu schalten. Hierauf rief Kohlhaas die alte Mutter   5
Hersens, die er auf dem Platz wahrgenommen hatte, aus dem Haufen des Volks hervor, und indem er ihr die Sachen übergab, sprach
er: »da, Mütterchen; das gehört dir!« – die Summe, die, als Schadenersatz für ihn, bei dem im Bündel liegenden Gelde befindlich
war, als ein Geschenk noch, zur Pflege und Erquickung ihrer alten   10
Tage, hinzufügend. – – Der Kurfürst rief: »nun, Kohlhaas, der Rosshändler, du, dem solchergestalt Genugtuung geworden, mache
dich bereit, kaiserlicher Majestät, deren Anwalt hier steht, wegen
des Bruchs ihres Landfriedens, deinerseits Genugtuung zu geben!«
Kohlhaas, indem er seinen Hut abnahm, und auf die Erde warf,   15
sagte: dass er bereit dazu wäre! übergab die Kinder, nachdem er sie
noch einmal vom Boden erhoben, und an seine Brust gedrückt
hatte, dem Amtmann von Kohlhaasenbrück, und trat, während
dieser sie unter stillen Tränen, vom Platz hinwegführte, an den
Block. Eben knüpfte er sich das Tuch vom Hals ab und öffnete   20
seinen Brustlatz: als er, mit einem flüchtigen Blick auf den Kreis,
den das Volk bildete, in geringer Entfernung von sich, zwischen
zwei Rittern, die ihn mit ihren Leibern halb deckten, den wohlbe-
kannten Mann mit blauen und weißen Federbüschen wahrnahm.
Kohlhaas löste sich, indem er mit einem plötzlichen, die Wache,   25
die ihn umringte, befremdenden Schritt, dicht vor ihn trat, die
Kapsel von der Brust; er nahm den Zettel heraus, entsiegelte ihn,
und überlas ihn: und das Auge unverwandt auf den Mann mit
blauen und weißen Federbüschen gerichtet, der bereits süßen Hoff-
nungen Raum zu geben anfing, steckte er ihn in den Mund und   30
verschlang ihn. Der Mann mit blauen und weißen Federbüschen
sank, bei diesem Anblick, ohnmächtig, in Krämpfen nieder. Kohlhaas aber, während die bestürzten Begleiter desselben sich herab-
beugten, und ihn vom Boden aufhoben, wandte sich zu dem Schafott, wo sein Haupt unter dem Beil des Scharfrichters fiel. Hier   35
endigt die Geschichte vom Kohlhaas. Man legte die Leiche unter
einer allgemeinen Klage des Volks in einen Sarg; und während die
Träger sie aufhoben, um sie anständig auf den Kirchhof der Vor-

stadt zu begraben, rief der Kurfürst die Söhne des Abgeschiedenen herbei und schlug sie, mit der Erklärung an den Erzkanzler, dass sie in seiner Pagenschule erzogen werden sollten, zu Rittern. Der Kurfürst von Sachsen kam bald darauf, zerrissen an Leib und Seele, nach Dresden zurück, wo man das Weitere in der Geschichte nachlesen muss. Vom Kohlhaas aber haben noch im vergangenen Jahrhundert, im Mecklenburgischen, einige frohe und rüstige Nachkommen gelebt.